editores mexicanos unidos

LA METAMORFOSIS

FRANK KAFKA

editores mexicanos unidos

Diseño de portada: *Alberto Diez*

Título original:
"DIE VERWANDLUNG"

Traducción:
Ignacio López

©Editores Mexicanos Unidos, S.A.
Luis González Obregón 5-B
C.P. 06020 Tels: 521-88-70 al 74
Miembro de la Cámara Nacional
de la Industria Editorial. Reg. No. 115
La presentación y composición tipográficas
son propiedad de los editores

ISBN 968-15-0051-2

9a edición, julio de 1985

4a. reimpresión julio de 1989.

Impreso en México
Printed in Mexico

editores mexicanos unidos

La sombría imagen de un Franz Kafka permanentemente angustiado y triste pertenece más a la leyenda que a la verdad.

Max Brod, su más íntimo amigo y notable escritor y crítico, dice de Kafka: "En la conversación íntima se le soltaba asombrosamente la lengua, llegando a entusiasmarse, a ser encantador. Las bromas y las risas no tenían fin; reía a gusto y cordialmente y sabía hacer reír a sus amigos".

Alto, esbelto, hermoso, de cabellos renegridos, ojos azulgrisáseos, rostro tostado por el sol y aspecto sorprendentemente juvenil, Kafka amaba la vida al aire libre, era un deportista infatigable, nadador excelente y remero experto. Agrega Brod: "Quiero señalar lo que se olvida fácilmente cuando se contempla la obra de Kafka: su pliegue de alegría del mundo y de la vida". Y subraya: "Tal humorismo se hacía particularmente claro cuando era Kafka mismo quien leía sus obras. Por ejemplo, nosotros los amigos estallamos en risas cuando nos hizo conocer el primer capítulo de EL PROCESO. Y él mismo reía tanto que por momentos no podía continuar leyendo. Bastante asombroso si se piensa en la terrible seriedad de ese capítulo. Pero sucedía así". Y todavía añade: "Aún las escenas más crudas de la obra de Kafka ("Colonia Penitenciaria", "Apaleadores", etc.) se ubican bajo una rara media luz entre el interés analítico y la moderna ironía. Ese humor, ingrediente esencial de la creación y de la vida kafkiana, señala precisamente, a través de la malla de la realidad, una realidad más alta".*

* **Max Brod: KAFKA.—Editorial Emecé.**

Kafka, contrariamente también a lo que se ha dicho tantas veces, tuvo una vida amorosa de gran intensidad, a veces tumultuosa, y no fue, como se pretende, un hombre alejado de la realidad política y social que lo circundaba. Asistía a reuniones políticas, participaba de polémicas con militantes anarquistas de su época y se mostraba preocupado por la situación de la clase obrera y de los extractos más humildes de la sociedad en la que le tocó vivir. Siendo funcionario de un instituto oficial de seguro social dijo, refiriéndose a los trabajadores: "Qué modestos son estos hombres. En lugar de destruir el instituto y aniquilarlo todo, vienen a pedirnos algo".

Descendiente de rabinos, hijo de un comerciante, nació en Praga el 3 de julio de 1883. Educado en escuelas alemanas, abogado, sólo tenía una ambición: escribir. Sostenía que todo lo que había producido carecía de valor y sus amigos y editores tuvieron que luchar mucho para convencerlo de publicar sus obras. Fue periodista, comerciante, creador de una guía para turistas e intentó instalar un restaurante. Había en él, como en Proust, una suerte de infantilismo que el propio Kafka no negaba, producto quizá de la conflictual relación que mantenía con su padre: "Jamás viviré la edad adulta —dijo—. De niño llegaré a ser inmediatamente un anciano canoso". Toda su obra está repleta de trazos biográficos, referidos particularmente a la relación con su padre. **Metamorfosis, El Médico Rural, El Proceso,** sus **Diarios, El Prestidigitador** y, sobre todo, **Carta al Padre,** reflejan nítidamente ese extremo. Uno de sus libros —**El Médico Rural**— lo dedicó a su padre. La respuesta de éste cuando recibió el volumen de las manos de Kafka fue: "Ponlo sobre la mesilla de noche".

Admirador de Mann, de Flaubert, de Dickens, de Hesse, Kafka rehuía todo lo que fuera "demasiado intelectual". La vida en el campo era su ideal. Tenía un poderoso sentido autocrítico. Reprobaba todo lo que tuviera apariencia de "artísticamente inventado". Era sereno, observador, reservado. Sus juicios tenían algo de elementalmente sencillo, natural, evidente. En todo daba con lo esencial. "Lo que él decía —recuerda Brod— lo decía de una manera que con el correr de los años iría haciéndose más y más espontánea: era una valiosa expresión de su idiosincracia totalmente peculiar, paciente, vitalista, irónicamente indulgente con las estupideces del mundo y, de allí, humorística, aunque sin descuidar jamás el meollo, lo indestructible de un asunto y, por lo tanto, apartada siempre de lo fatuo o cínico. Sí, así era él".

El 3 de junio de 1924, en una tarde fría y triste, murió Franz Kafka. Destruido por el cáncer, antes de morir pidió a su médico que le inyectase morfina. El médico se negó. Kafka le dijo: "Máteme. De lo contrario es usted un asesino". El 11 de junio, exactamente a las cuatro de la tarde, se realizó la inhumación en el cementerio judío de Praga-Straschnitz. Cuando sus amigos regresaban, a las seis y cuarto, a la casa de Kafka, vieron que el gran reloj de la Municipalidad se había detenido a las cuatro y las agujas seguían inmóviles, marcando esa hora. Entonces fue cuando Dora, la última compañera de Kafka, confió a sus amigos que durante la última semana de vida del escritor en su ventana del hospital, todas las noches, aparecía una lechuza, el pájaro de los muertos.

"METAMORFOSIS" refleja el estilo cristalino, la descripción exacta, el realismo detallista y, por sobre todo, la profundidad genial del pensamiento filosófico, constantes de forma y contenido de toda la obra de Kafka.

Brod ha dicho: "Su lenguaje es claro como el cristal y en su superficie no se nota más que la aspiración de expresar el objeto correcto y nítidamente. Sin embargo, bajo el vivaz fuego de este límpido arroyo idiomático, fluyen sueños y visiones de profundidad insondable".

Los relatos reunidos en METAMORFOSIS dan claro testimonio de esa característica: las cadencias, los párrafos, parecen obedecer a leyes misteriosas. Las pequeñas pausas entre los grupos de palabras tienen su propia arquitectura. El tono de cada cuento, es, como dice Brod, "una melodía que no está constituida por materia de esta Tierra".

Fuerza, vuelo y laxitud atraviesan METAMORFOSIS de manera singular. Kafka no siente curiosidad malsana por los abismos del alma humana. Los ve contra su voluntad. Esa es la causa por la cual estos relatos provocan un efecto tan tremendo. Porque en ellos surge, libre y claramente, la totalidad del mundo.

Kafka no condena la vida; la ve. En **METAMORFOSIS**, al hombre que no es íntegro lo lleva ante un tribunal, lo rebaja a la condición de un animal, de un insecto o lo que es más terrible aun, hace que el animal revista la condición humana: una mascarada que desenmascara al hombre.

Kafka describe la tragedia humana y, junto a ello, el padecimiento de su pueblo, del judaísmo fantasmal, sin patria. Y lo hace —anota Brod— como no lo hizo nadie antes que él, y sin que aparezca ni una sola vez la palabra judío.

METAMORFOSIS es la historia de un hombre que sufre una profunda transformación física. Puede, no obstante, percibir, reflexionar, ver. Cree poder hablar, pero su lenguaje no resulta inteligible para su familia.

Sumsa, el personaje, trasmuta su condición humana por una apariencia animal que lo condiciona y que modifica sustancialmente su relación física y mental con el medio.

La angustia delirante de ese ser, la temporalidad del propio ser humano la convicción de que el hombre en sí no es nada y que será lo que él mismo se ha hecho a través de sus actos y de su vida, marcan en **METAMORFOSIS** y en los otros relatos de este volumen las constantes del pensamiento filosófico kafkiano.

También trasmiten nítidamente el impulso vital que presidió la vida de Kafka. La esperanza que Samsa alienta pese a todo, su poderoso, alucinante deseo de vencer una realidad que se transforma y lo transforma, traducen el arraigado credo existencial de Kafka, quien dijo:

No desesperes, ni siquiera por el hecho de que no desesperas. Cuando todo parece terminado, surgen nuevas fuerzas. Esto significa que vives.

LA METAMORFOSIS

1

Gregorio Samsa, al despertarse esa mañana después de un sobresaltado sueño, se halló sobre su cama convertido en un repugnante bicho. Estaba apoyado sobre su espalda, que ahora no era otra cosa que un duro caparazón, y al levantar la cabeza, pudo ver su vientre oscuro, atravesado por callosidades, cuyo volumen apenas si resistía la colcha, que ya iba resbalándose hacia el piso. Incontables patitas, muy débiles y flacas en comparación con el resto de su cuerpo se movían ante sus ojos desmañadamente.

—¿Qué me estará ocurriendo?

No era un sueño no. Todo lo que lo rodeaba seguía igual. Su dormitorio, aunque muy pequeño, ofrecía al aspecto acostumbrado. En medio, la mesa, y sobre ella, diseminado, el muestrario de paños que utilizaba para su trabajo de agente viajero. En lo alto colgaba aquel cuadro, de marco dorado, con la estampa que recortara pocos días antes de una revista ilustrada. La lámina mostraba a una dama envuelta en pieles y que, con ademán alanero, enarbolaba ante el que la miraba, un ancho manguito en el que se perdía su antebrazo.

Samsa siguió mirándolo todo y su vista se detuvo en la ventana; el cielo estaba nublado, y se oía el golpear de las gotas de lluvia sobre los canalones. Lo embargó una gran tristeza. Se dijo: "¿qué sucedería si yo continuara durmiendo un ratito más y me olvidara de todas estas insensateces?" Pero eso era imposible, pues Gregorio acostumbraba dormir sobre el lado derecho, cosa que su anatomía actual no le permitía. De todos modos intentó hacerlo una y otra vez, pero siempre regresaba a su posición de espaldas. Y cerraba los ojos, para dejar de ver el jaleo que se traían sus patitas.

Así estuvo hasta que un dolorcillo ligero y punzante, como nunca antes sintiera, le acometió en el costado.

¡Ay, Dios mío! —se dijo—. ¡Qué agotadora me resulta la profesión que elegí! Todos los días viajes. Este trabajo es más irritante y complicado que llevar el negocio práctico del almacén. Y no se diga de las molestias que dan los viajes continuos: preocuparse de la combinación perfecta de trenes, dormir y comer fuera de horas, y entablar conocimiento con personas tan diferentes y en un trato siempre tan superficial que nunca los sentimientos de amistad logran tener cabida. ¡Basta ya de todo esto!

Su vientre le picaba. Como pudo se alargó hacia la cabecera para lograr enderezarse un poco y ver qué le ocurría. Lo único que noto fue unos puntitos blancos. Se tocó con una pierna para rascarse; pero no logró sino sentir escalofríos. Volvió a su postura anterior.

—Estas madrugadas —pensó para sí— le atontan a uno completamente. El ser humano necesita dormir lo que corresponde. Hay otros vendedores que viven como príncipes. Sucede que a media mañana, cuando regreso al hotel para anotar los pedidos, los encuentro desayunándose tranquilamente. Yo no lo podría hacer; con el jefe que me tocó me despediría en el acto. Y nadie me aseguraría que no fuera lo mejor que pudiera ocurrirme. De no estar por medio mis padres hace mucho que me habría largado. Mi gran satisfacción sería decirle en su cara lo que pienso de él. ¡Se cae del buró! Porque el suyo es un modo muy raro de comportarse. Figúrense que se sienta arriba de un buró, y desde allí en lo alto habla con aspereza a sus empleados, los que por añadidura, como el jefe es medio sordo tienen que ponerse muy cerca de él. Pero todavía abrigo esperanzas. Apenas logre yo juntar el dinero suficiente para cancelar la deuda de mis padres —cosa de cinco o seis años más— ¡lo haré con toda mi alma! Bien; pero de momento lo que debo hacer es levantarme, pues el tren parte a las cinco.

Miró el despertador, que estaba sobre el baúl, y escuchó su tic-tac.

—¡Cielos! —se dijo.

Eran las seis y media, y las manecillas continuaban circulando calladamente; ya pasaban de la media, casi marca-

ban las siete menos cuarto. ¿No habría sonado el despertador? Desde la cama se podía percibir que estaba puesto apro-
piadamente en las 4; de manera que tenía que haber sonado.
Pero, ¿cómo pudo seguir durmiendo impasible con aquel repi-
queteo que todo lo estremecía? Es cierto que su sueño no fue
tranquilo, pero aparentemente durmió a pierna suelta. ¿Qué
podría hacer ahora? El próximo tren partía a las siete;
para tomarlo habría que correr contra el reloj. Faltaba en-
volver el muestrario y además él se sentía con pocos ánimos.
De todos modos, aunque lo alcanzara, no evitaría la repri-
menda del principal, pues el mozo del almacén, que le habría estado esperando para ir con él en el tren de las cinco,
no dejaría de haber informado, en seguida, al jefe, de su falta.
Ese mozo era una copia fiel del principal, indigno y descon-
siderado. Y si se reportara como enfermo, ¿qué ocurriría?
Pero esa excusa, aparte de avergonzarlo, despertaría dudas,
ya que Gregorio, durante los cinco años que llevaba traba-
jando allí, nunca estuvo enfermo. Lo más probable es que
el propio principal trajera al médico del Montepío; repro-
charía a sus padres la conducta del hijo haragán, y recha-
zaría toda excusa, apoyándose en el diagnóstico del médico,
para el cual todos los empleados se encuentran siempre en
perfecto estado de salud y sólo le tienen miedo al trabajo.
Y a decir verdad, en esta ocasión el médico no estaría tan
errado. Aparte de un poco de sueño, por demás excusado,
naturalmente, después de tanto dormir, Gregorio se sentía
muy bien, con un hambre extraordinaria.

En tanto ordenaba sus pensamientos y cavilaba en forma
confusa, sin lograr decidirse a abandonar la cama, y justo
en el momento en que el reloj marcaba ya las siete menos
cuarto, tocaron quedamente en la puerta que daba a la cabecera de su lecho.

—Gregorio —dijo una voz, la de la madre—, son las siete
menos cuarto. ¿No tenías que salir de viaje?

—¡Qué dulce voz! En cambio Gregorio se espantó al escuchar su propia voz al responder a la madre. Indiscutible-
mente que era su voz, la propia, era cierto, sólo que brotaba
mezclada con un pitidito lleno de dolor, y con él, las palabras, al comienzo claras, se volvían confusas, resonando de
tal manera que no se podía estar seguro de haberlas escu-

chado. Gregorio hubiera deseado responder ampliamente, aclararlo todo; pero dadas las circunstancias sólo respondió:

—Sí, sí. Gracias madre. Ahora mismo me levanto.

Seguramente que el cambio de voz de Gregorio no se notó tras la gruesa puerta, ya que la madre se sintió tranquila con la contestación y se marchó. Mas esta breve conversación demostró al resto de la familia, que Gregorio, contra lo que era de esperar, todavía estaba en casa. Se acercó también el padre, y tocando suavemente en una hoja de la puerta, dijo: ¡Gregorio! ¡Gregorio! ¿Qué sucede? Esperó un poco e insistió, levantando ligeramente la voz: ¡Gregorio!, ¡Gregorio! Entre tanto, la hermana detrás de la otra hoja de la puerta, preguntaba angustiosamente, ¿estás bien?; ¿Necesitas algo? "Ya estoy", contestó Gregorio a los dos a un tiempo, esforzá.ndose en pronunciar lentamente cada sonido, a fin de que ese atroz timbre de voz no se notara tanto. El padre se regresó para seguir con su desayuno, pero la hermana quedó allí insistiendo: "Te ruego, Gregorio, que abras". Sin embargo Gregorio no estaba dispuesto a complacerla, y se sentía muy contento de haberse encerrado en su habitación, durante la noche, prudente hábito adquirido en sus tantos viajes, y que ya no dejaba de observar ni en su propio hogar.

Lo más importante era salir de su lecho con calma, vestirse sin que nadie lo importunara y, sobre todo, desayunar. Sólo después de cumplido todo esto consideraría lo que habría de hacer, pues tenía comprobado que en la cama no lograba que sus meditaciones le llevaran a ninguna conclusión. Recordaba que bastante a menudo, cuando estaba acostado, sintió algún dolorcillo que quizá se debiera a lo incómodo de la postura, pero ese dolor desaparecía por completo al levantarse, al extremo de pensar que sólo era imaginario: y estaba ansioso por ver cómo se desvanecían gradualmente, todas las alucinaciones que le surgieron por la mañana. También estaba seguro de que el cambio de su voz sólo obedecía a síntomas de un gran resfriado, padecimiento habitual en todos los viajantes de comercio.

Apartar la colcha de él, era muy sencillo. Sólo necesitaba abombarse un poco: la colcha se deslizaría sola. El problema lo constituía la desmesurada anchura de Gregorio. Para incorporarse podría haberse valido de brazos y manos; pero, en vez de éstos, ahora sólo tenía incontables patas que se agitaban constantemente y no podía manejarlas. El caso es que el deseaba incorporarse. Se alargaba; conseguía finalmente dominar una de sus patas; pero, entre tanto, las otras seguían agitándose libre y dolorosamente: "No es bueno quedarse haraganeando en cama", se dijo Gregorio.

En primer lugar quiso sacar de la cama la parte inferior del cuerpo, la que, por lo demás, no se había visto aún, y, en consecuencia, no podía darse una idea de su forma exacta. Resultó una empresa muy difícil de lograr. La inició lentamente. Gregorio, ya desesperado, se dio todo el impulso que pudo, y, sin escatimar esfuerzos, se lanzó hacia adelante. Pero calculó mal la dirección, se golpeó fuertemente contra los pies de la cama, y el agudo dolor que sintió le demostró que esa parte inferior de su cuerpo era tal vez, justamente ahora, la más delicada. Quiso, entonces, sacar primero la parte de arriba, y torció con cuidado la cabeza hacia la orilla de la cama. Para lo cual no encontró dificultad, y, a pesar del ancho y del peso, todo su cuerpo continuó llevando al fin, aunque lentamente, la misma dirección de la cabeza. Pero al vérsela colgando en el aire, sintió miedo de continuar el avance en la misma forma, pues al dejarse caer así, sólo un milagro evitaría que se golpeara peligrosamente la cabeza; y, sobre todo ahora, Gregorio quería estar en sus cinco sentidos. Antes de exponerse a perderlos, se quedaría acostado.

Pero, luego de probar hacer al revés los mismos intentos, acompañándolos de profundos suspiros, se encontró nuevamente en la posición anterior y volvió a ver sus patas, más agitadas que antes todavía; se percató que no le era posible poner orden a tamaño absurdo, y de nuevo pensó que no debía continuar en el lecho y que lo más acertado era arriesgarse del todo, aunque ya no abrigaba sino una pequeña esperanza. Mas de pronto recordó que siempre era mucho mejor pensar con serenidad que tomar decisiones descabelladas. Sus ojos miraron con fuerza hacia las ventanas; pero, desgraciadamente, la neblina de esa mañana, que impedía por completo ver la cera opuesta de la calle, le infundiría, sin duda, menos esperanzas y ánimo: "Son ya las siete", se dijo al escuchar otra vez el despertador. "¡Las siete, y aún hay niebla!" Durante unos instantes todavía se quedó echado, sin moverse, y apenas respirando, como si en el silencio esperara regresar a su estado normal.

Pero luego, pensó: "Debo estar levantado antes de las siete y cuarto. Aparte, de que, mientras tanto, con seguridad que alguien del almacén vendrá a ver qué me pasa, ya que allí abren antes de las siete. Y resolvió dejar la cama, balanceándose a todo su largo. Al dejarse caer, su cabeza, que quería conservar totalmente erguida, posiblemente saldría ilesa de la prueba. La espalda parecía muy resistente: no le ocurriría nada cuando diera con ella contra la alfombra. Lo único que le preocupaba y atemorizaba era el miedo al ruido que ocasionaría, y que quizá causara, detrás de cada puerta, sino un susto, cuando menos intranquilidad. Pero no tenía otra alternativa.

Gregorio ya estaba fuera de la cama, a medias (la nueva fórmula parecía más bien un juego que un trabajo, ya que sólo necesitaba balancearse siempre hacia atrás), cuando pensó que todo se facilitaría si pidiera ayuda a alguien. Con dos personas macizas bastaría (pensaba en su padre y en la criada). Bastaría con que le abrazaran su abultada espalda, le extrajeran del lecho, y, acercándose al piso con la carga, le dejaran tenderse a todo lo largo en el suelo, donde, sin duda, las patas cumplirían su función. Además, aparte de que las puertas estaban cerradas, ¿le sería realmente provechoso solicitar ayuda? No obstante lo crítico de su estado, no pudo dejar de sonreírse.

Ya había avanzado tanto, que sería suficiente un balanceo con más impulso que los precedentes para hacerle perder casi completamente el equilibrio. Por otra parte, no tardaría en verse obligado a tomar una resolución, ya que faltaban sólo cinco minutos para que dieran las siete y cuarto.

De repente se sintieron unos golpes en la puerta de la casa. "Seguramente vienen del almacén" —dijo Gregorio, quedándose en suspenso, mientras sus patas seguían moviéndose vertiginosamente. Por un momento, todo quedó en silencio. "No abren", —pensó, aferrándose a esa ilusión descabellada. Pero, como era de esperar, pronto se sintieron los fuertes pasos de la criada. Y la puerta fue abierta. Bastó que el que llegaba dijera la primera palabra, para que, al escucharla, Gregorio le identificara. Era el principal mismo. ¿Por qué tendría que trabajar Gregorio en un lugar donde la más insignificante falta despertaba en el acto terribles sospechas? ¿Es que todos los empleados, sin excepción, no podían ser otra cosa que unos granujas? ¿Es que entre ellos, no cabía hubiera un hombre cabal, que perdiera un par de horas de trabajo matutino, y que por este hecho se llenase de remordimiento tal que le impidiera abandonar el lecho? ¿Acaso no hubiera bastado con enviar a un mozo a oreguntar, en el supuesto de que tuviera razón de ser ese afán de averiguar, sino que tenía que presentarse el principal en persona para dar a entender a una ingenua familia que sólo él estaba calificado para tratar de investigar tan sospechoso asunto? Y Gregorio, más por la excitación de tales consideraciones que por estar muy decidido, se arrojó de la cama. Se oyó un golpe pesado, que no era precisamente un gran ruido. La alfombra mitigó la caída: la espalda era más elástica que lo que Gregorio supusiera, y esto sirvió para que el ruido no resultara tan tremendo como esperaba. Pero se olvidó de permanecer con la cabeza lo bastante levantada; se lastimó y el dolor le hizo refregarla frenéticamente contra la alfombra.

—Algo ha sucedido ahí dentro —comentó el principal en la pieza de la izquierda. Gregorio quiso imaginar que algún día pudiera sucederle al principal lo mismo que le ocurría hoy a él, cosa que estaba dentro de lo posible. Pero aquel señor, como respondiendo furiosamente a estas conjeturas, pisó con energía en el cuarto contiguo, mientras caminaba haciendo sonar sus botas de charol. Desde el cuarto de la derecha, la hermana le anunció suavemente: "Gregorio, aquí está el principal." —"Ya lo sabía", —respondió Gregorio para sí. Pero no se atrevió a levantar la voz de tal manera que su hermana alcanzara a escucharle.

—Gregorio —le habló por fin su padre por el otro cuarto de la izquierda—, Gregorio, ha llegado el señor principal y quiere saber por qué no te fuiste en el primer tren. No sabemos qué decirle. Además, quiere hablar en persona contigo. Por eso, abre, por favor. El señor principal sabrá dispensar lo desordenado de tu habitación.

—¡Buenos días, señor Samsa! —dijo en ese momento, muy amable, el principal—. "No se siente bien", —dijo la madre a éste mientras el padre seguía hablándole cerca de la puerta. —No se encuentra bien, créame usted señor. De otra manera ¿cómo Gregorio iba a perder el tren? Si este niño no tiene otra preocupación más que el almacén. ¡Sí hasta me contraría ver que no sale de noche! Ahora, sin ir más lejos, ha permanecido aquí ocho días; ¡y de casa no se ha movido ni siquiera una noche! Se sienta junto a nosotros en la mesa, lee el diario en silencio o estudia itinerarios. No tiene otra distracción que no sea hacer algo de carpintería. En dos o tres tardes ha hecho un pequeño marco para cuadro. Cuando usted lo vea, se asombrará: Es muy bonito. Está colgado allí en el dormitorio, lo verá inmediatamente, en cuanto abra Gregorio. Por lo demás, me alegró de verle, señor principal, ya que nosotros, por nuestra parte, jamás hubiéramos podido convencer a Gregorio para que abriera esa puerta. ¡Es muy tozudo! Ciertamente no se siente bien, a pesar de que dijo lo contrario.

—¡Ya voy! —exclamó lenta y prudentemente Gregorio, sin moverse para no perder nada de la conversación. —De otra manera, no podría explicármelo, señora —contestó el principal—. Esperemos que no sea nada serio. Pero, como quiera, no puedo dejar de decir que nosotros, los comerciantes, afortunada o desgraciadamente debemos saber soportar muy a menudo algunos malestares, anteponiendo a todo los negocios. Bien —inquirió el padre, ya impaciente y volviendo a tocar la puerta: —¿Puede ya pasar el señor principal? —No —contestó Gregorio. Un silencio de gran tristeza se apoderó de la habitación contigua de la izquierda, mientras en la de la derecha sollozaba su hermana.

Mas, ¿por qué razón no iría ella donde estaban los otros? Claro es que hacía poco que se había levantado y que aún no se empezaba a vestir. Pero, ¿por qué lloraría? ¿quizá porque el hermano no se levantaba y no dejaba pasar al principal; porque le peligraba el empleo y porque el principal comenzaría a atormentar a sus padres de nuevo, con las antiguas deudas? Sin embargo, ahora no venía al caso preocuparse de estas cosas. Gregorio permanecía aún allí, y no tenía la menor intención de alejarse de los suyos. En ese instante se encontraba tirado en la alfombra, y ninguna persona que le hubiera visto en el estado en que se hallaba habría podido imaginarse que hiciera pasar al principal a su habitación. Pero, esta insignificante falta de cortesía, de la que en su momento le daría cumplida satisfacción, no era suficiente causa como para despedirle sin más ni más. A Gregorio le pareció que ahora era mejor que lo dejaran tranquilo, y que no vinieran a perturbarlo con lágrimas y discursos. Mas, su incertidumbre confundía a todos, que trataban de justificar su conducta.

—Señor Samsa —llamó de nuevo el principal, ahora con tono autoritario—, ¿qué es ésto? Se ha parapetado usted en su cuarto. Solamente responde con monosílabos. Intranquiliza en forma alarmante y sin razón a sus padres, y además, entre otras cosas increíbles, no cumple en el almacén como es su deber. Le estoy hablando en este momento en nombre de sus padres y de su jefe, y le suplico seriamente que aclare esto de inmediato. Estoy asombrado; yo tenía de usted un concepto de hombre responsable y correcto, y parece que ahora, de súbito, quiere usted hacer alarde de extravagancias inexplicables. Es cierto que el jefe me sugirió esta mañana una posible explicación a esa falta: recordó el cobro que usted debía efectuar anoche; pero yo en ningún caso consideré que esto fuese motivo para justificar su ausencia. Ahora ya, en vista de su empecinamiento, he perdido el interés por usted. Su situación en el almacén es bastante inestable. Yo pensaba decirle estas cosas en privado; pero como usted se complace en hacerme perder el tiempo inútilmente, no tengo reparo en decírselo delante de sus señores padres. Últimamente su trabajo no ha rendido como debía. Somos conscientes de que esta época no es la mejor para nuestro negocio; nosotros admitimos esto. Mas señor Samsa, no hay ni debe haber época alguna en que los negocios se paralicen por entero.

—Pero, señor —gritó Gregorio, desesperado, olvidándose de todo—. Voy de inmediato, salgo al momento. Un ligero malestar, un mareo, impidió que me levantara. Me encuentro acostado aún. Pero ya me he recuperado del todo. En este instante me levantaré. ¡Un minuto de paciencia! Todavía no me hallo tan bien como pensaba. Pero estoy mejor. ¡Es inexplicable cómo pueden ocurrirle a uno cosas así! Ayer por la tarde me sentía tan bien. Es cierto, mis padres lo pueden asegurar. Aunque bien mirado, en la tarde tuve ayer algo así como un presentimiento. ¿Por qué no me lo notarían? Y ¿por qué no lo comentaría yo en el almacén? Uno siempre piensa que puede pasar en pie la enfermedad sin tener que quedarse en casa: ¡Señor principal, sea considerado con mis padres! No se justifican todas las censuras de que me ha hecho objeto, jamás me habían dicho algo semejante. Creo que usted no ha sabido de los últimos pedidos que he tomado. Y además, me iré en el tren de las ocho. Estas dos horas de descanso me vinieron muy bien, me he recuperado. No se retarde usted más, señor. De inmediato estoy en el almacén. Aclare allí usted esto, y por favor, discúlpeme con el jefe.

Y mientras soltaba, atropellándose, este discurso sin darse casi cuenta de lo que decía, Gregorio, gracias a la práctica de movimientos lograda en la cama, se acercó con facilidad al baúl y procuró enderezarse afirmándose en él. Deseaba, en efecto, abrir la puerta, que lo viera el principal, y conversar con él. Tenía curiosidad por saber qué dirían cuando le mirasen los que con tanta insistencia le llamaban. Si se espantaban, Gregorio se encontraría libre de toda responsabilidad y no tendría nada que temer. En caso contrario, si se quedaban tan tranquilos, tampoco tendría por qué alarmarse, y podría, apurándose, alcanzar a estar a las ocho en la estación. Repetidas veces se resbaló contra las paredes lisas del baúl; pero, finalmente, un último salto le puso en pie. De los dolores de vientre, aunque muy fuertes, no se preocupaba. Se dejó caer contra el respaldo de una silla que tenía cerca, a cuyos bordes se agarró firmemente con sus patas. Consiguió al mismo tiempo recobrar el dominio de sí mismo, y calló para escuchar lo que hablaba el principal.

—¿Entendieron ustedes algo de lo que dijo? —preguntaba éste a sus padres—. ¿No se estará haciendo el loco? —¡Por Dios! —dijo la madre, sollozando—. Quizá se encuentra muy mal y nosotros lo estamos atormentando. Y de inmediato gritó: —¡Grete! ¡Grete! —¿Qué ocurre, madre? —respondió la hermana por el otro lado del dormitorio de Gregorio, a través del cual hablaban. —Debes ir ahora mismo en busca del médico, Gregorio está enfermo. Date prisa ¿Te has dado cuenta cómo habla ahora Gregorio? —Tiene voz de animal —agregó el principal que conversaba en voz sumamente baja, comparada con los gritos de la mamá. —¡Ana! ¡Ana! —gritó el padre, mirando a la cocina a través del recibidor y golpeando las manos—. Salga de inmediato a buscar un cerrajero. Ya se escuchaba el ruido de las faldas de las dos muchachas que partían corriendo (¿cómo se vestiría tan rápido la hermana?), y también se oía que abrían en forma brusca la puerta del piso. Mas no se oyó ningún portazo. Seguramente habrían dejado la puerta sin cerrar, como a veces ocurre en las casas donde está sucediendo una desgracia.

Gregorio, sin embargo, estaba ya mucho más tranquilo. Es cierto que sus palabras seguían siendo enigmas, aunque para él eran clarísimas, más claras que antes, de seguro, porque se iba acostumbrando a oírse así. Pero lo importante era que los demás ya se habían dado cuenta de que algo raro le estaba ocurriendo y se aprestaban a darle ayuda. La resolución y fuerza con que se tomaron las primeras providencias, le reconfortaron. Se sintió otra vez incluido entre los seres humanos y esperó, tanto del doctor como del cerrajero, indistintamente, operaciones extraordinarias y portentosas. Y con objeto de que su voz resonara lo más clara posible en los importantes diálogos ahora inminentes, carraspeó un poco, tratando de hacerlo con suavidad, por miedo a que este ruido pareciera también no provenir de un ser humano, cosa que ya le resultaba difícil distinguir. Entre tanto, en la habitación vecina había gran silencio. Quizá los padres, sentados a la mesa con el principal cuchicheaban con éste, o posiblemente estaban todos escuchando junto a su puerta.

Gregorio deslizó el sillón hacia la puerta; al llegar dejó el asiento y se agarró a la puerta, pegado a ella por la viscosidad de sus patas, y así descansó un momento del esfuerzo hecho. Después trató con la boca de dar vuelta a la llave dentro de la cerradura. Desafortunadamente, al parecer no tenía dientes. ¿Con qué cogería pues la llave? Bueno, tenía unas mandíbulas muy firmes, y con ellas pudo mover la llave, sin prestar atención al perjuicio que se hacía, ya que un líquido oscuro le brotó de la boca, chorreando por la llave y cayendo hasta el piso. —Oigan ustedes —comentó el principal, en el cuarto contiguo— ¡está girando la llave! Estas palabras dieron inmenso aliento a Gregorio. Pero todos: el padre, la madre, deberían haberle gritado —¡Adelante, Gregorio! Sí, debían haberle gritado: ¡Siempre adelante! ¡Duro con la cerradura! Y, sospechando la ansiedad con que todos iban siguiendo sus esfuerzos, mordió con todas sus fuerzas la llave, medio extenuado. Y, conforme ésta giraba en la cerradura, él se sujetaba, balanceándose en el aire, colgando de la boca, y, según le era necesario se agarraba a la llave o la empujaba hacia abajo volcando en el esfuerzo todo el peso de su cuerpo. El ruido del metal de la cerradura, que al fin cedía, le volvió en sí totalmente. —Bien —pensó con un suspiro de alivio—; ya no fue necesario que viniera el cerrajero —y pegó al pestillo con su cabeza para terminarlo de abrir.

Tal forma de abrir la puerta motivó que aun estando franca la entrada no se hiciera todavía visible. Tuvo que darse vuelta con cuidado contra una de las hojas de la puerta, con mucha lentitud, para no caer. Y aún estaba concentrado realizando tan difícil movimiento, sin tiempo para preocuparse de otra cosa, cuando escuchó un "¡Oh!" del principal, que se esparció como una ráfaga de viento, y vio a este señor, el que estaba más cercano a la puerta, cómo se tapaba la boca con la mano y retrocedía lentamente, como si una fuerza invisible lo empujara.

La madre —que, a pesar de estar con el principal estaba despeinada, con el pelo revuelto— juntando sus manos miró al padre, dio luego dos pasos hacia Gregorio y cayó al suelo en medio de sus faldas esparcidas en torno suyo, con el rostro oculto en sus senos. El padre cerró el puño con ademán hostil, como si deseara echar a Gregorio hacia atrás, adentro de su cuarto; luego se volvió, caminando con paso vacilante hacia el recibidor, y allí, tapándose el rostro con las manos, estalló en llanto, estremeciéndose por entero.

Gregorio, pues, no llegó a entrar al recibidor; estaba dentro de su cuarto, apoyado contra la hoja, sólidamente cerrada, de la puerta, de manera que sólo mostraba la parte superior del cuerpo, con la cabeza seminclinada, y desde allí observaba a quienes le rodeaban. A todo esto, ya había clareado, y en la otra acera se distinguía nítidamente una parte del enorme y negruzco edificio de enfrente. Era el hospital, de fachada monótona, con ventanas simétricas como único adorno. Todavía no cesaba la lluvia, pero ahora caía espaciadamente. Sobre la mesa se veía la abundante vajilla del desayuno, porque para el padre, el desayuno era la principal comida del día, y acostumbraba alargarlo leyendo los distintos periódicos. Sobre el lienzo de la pared que se hallaba precisamente frente a Gregorio, colgaba un retrato de éste, de los tiempos de su servicio militar, representándolo con el uniforme de teniente, con la mano en el pomo de la espada, sonriendo despreocupadamente y con un aire que exigía, al parecer, respeto para su uniforme y gallardía militar. Aquella habitación daba al recibimiento; por la puerta abierta, se veía la del piso, que asimismo permanecía abierta. También se podía ver el descansillo de la escalera y el inicio de ésta última, que llevaba a los pisos de abajo.

—Bien —dijo Gregorio convencidísimo de ser el único que continuaba sereno—. Bien, me visto en seguida, tomo el muestrario y parto de viaje. ¿Me dejaréis que salga de viaje, no es cierto? Observe, señor principal, que yo no soy ningún porfiado y que trabajo con placer. Los viajes son cansados; mas yo no podría vivir sin viajar. ¿Hacia dónde va usted, señor principal? ¿Al almacén? ¿Sí? ¿Les relatará todo tal y como ocurrió? Cualquiera puede pasar por un breve período de incapacidad para el trabajo, pero es justamente en ese momento cuando los jefes deben recordar lo útil que uno ha sido, y confiar en que, saliendo de la incapacidad, volverá a reanudar las labores con mayor energía y empeño. Yo, como usted sabe bien, estoy muy comprometido a servir con lealtad al jefe. Por otro lado, debo atender también a mis padres y hermana. Es verdad que hoy me hallo en un difícil aprieto. Pero esforzándome lograré superarlo. Señor: No me dificulte más la cosa de lo que ya está. Defiéndame en el almacén. Sé bien que al viajante no se le quiere allí. Todos piensan que recibe dinero a manos llenas, y que vive a cuerpo de rey. También es verdad que no existe razón particular alguna para hacer desaparecer este prejuicio. Pero usted, señor principal, es más comprensivo y está más al tanto de las cosas, que el resto del personal, inclusive, dicho en confianza, que el mismo jefe, quien en su categoría de amo muchas veces se equivoca con relación a un empleado. Usted sabe muy bien que el viajante, como está fuera de la oficina casi todo el año, es un sujeto fácilmente expuesto a infortunios y a ser objeto de chismes y quejas sin fundamento alguno, contra todo lo cual poco puede defenderse, ya que por lo general no llega ni a enterarse, y sólo a veces al volver agotado de un viaje, comienza a notar comportamientos extraños cuyas causas ni sospechaba. Señor principal, no se marche usted sin decirme algo que me haga sentir que al menos me da usted la razón en parte.

Mas desde el comienzo de las palabras de Gregorio, el principal se había dado media vuelta, y lo miraba por encima del hombro crispado mostrando un gesto de asco en los labios. Mientras Gregorio hablaba, estaba muy intranquilo. Retrocedió hasta la puerta sin dejar de mirarle, pero con gran lentitud, como si algo oculto no le permitiera dejar aquella habitación. Finalmente llegó al recibidor, y, al ver la ligereza con que levantaba los pies del suelo, diríase que le quemaban las suelas de los zapatos. Estiró su brazo hacia la barandilla de la escalera, como si de milagro esperara encontrar allí la libertad.

Gregorio entendió que de ninguna manera podía dejar irse al principal en tal estado de ánimo, de otro modo su puesto en el almacén correría serio peligro. No lo entendían sus padres de la misma manera, ya que a través de los años se habían forjado la ilusión de que la permanencia de Gregorio en aquella casa comercial duraría de por vida; aparte de eso, estaban tan preocupados con los sinsabores del momento, que toda perspicacia les había abandonado. Gregorio, en cambio, tenía una actitud muy distinta. Había que detener al principal, apaciguarlo, convencerlo y, finalmente, ganárselo. ¡De eso dependería el futuro de Gregorio y de su familia! ¡Si por lo menos se encontrara allí su hermana! Era inteligente; comenzó a llorar mientras Gregorio estaba todavía muy tranquilo echado sobre la espalda. Y no hay duda de que el principal, tan afecto al bello sexo, se habría dejado conducir por ella a donde ella hubiera deseado; ella hubiera cerrado la puerta del piso y en el mismo vestíbulo le habría disuadido de su horror. Pero la hermana no estaba y Gregorio tenía que manejar la situación por sí mismo. Y sin acordarse de que aún no sabía hasta dónde alcanzaban sus posibilidades de movimiento, ni tampoco que lo más verosímil, lo más seguro sería que sus palabras resultaran de nuevo ininteligibles, dejó la hoja de la puerta en la que se apoyaba y pasó a través de la hoja que estaba abierta, comenzando a caminar hacia el principal que continuaba asido ridículamente a la barandilla del rellano. Pero de inmediato, al faltarle el sostén, cayó al suelo sobre sus pequeñas y numerosas patitas, dejando escapar un ligero lamento. Al punto sintióse, por primera vez en aquella mañana, lleno de un verdadero bienestar; sus patitas, posadas en el suelo, le obedecían perfectamente, cosa que advirtió con alegría; vio que se esforzaban en llevarle en la dirección que él deseaba, y se inclinó a creer que tenía al alcance de la mano el fin de sus sufrimientos. Pero, justo en el instante en que Gregorio se encontraba en el suelo balanceándose con reprimida ansiedad, al frente y cerca de su madre, ésta, que parecía estar completamente trastornada, dic un salto brusco, al mismo tiempo que se puso a gritar con los brazos y los dedos extendidos: "¡Socorro!" "¡Dios mío! "¡Socorro!" Agachaba la cabeza como para mirar mejor a Gregorio; mas de repente, como para desmentir lo que veía, cayóse de espaldas, sobre la mesa, y olvidando que aún estaba puesta, quedó sentada en ella, inmóvil, sin percatarse de que el café chorreaba de la cafetera que se había volcado y se estaba derramando, hasta la alfombra.

—¡Mamá! ¡Mamá! —murmuró Gregorio, mirándola de arriba abajo. Por un momento olvidó la presencia del principal; y al ver el café derramado abrió y cerró repetidas veces sus mandíbulas en el vacío. Se oyó otro grito de la madre, que apartándose de la mesa se lanzó a los brazos del padre que acudía a su encuentro. Pero Gregorio no tenía ahora tiempo de preocuparse de sus padres, pues el principal estaba ya en la escalera, con la barbilla apoyada en la baranda, mirando aquel espectáculo por última vez. Gregorio tomó impulso con ánimo de alcanzarle; el principal debió adivinar su intención, porque bajó de un salto varios escalones y desapareció, mientras todavía sus alaridos resonaban por toda la escalera. Desgraciadamente, la espantada del principal pareció haber trastornado completamente al padre, que hasta ese momento se había conservado más o menos en sus cabales; porque en vez de correr tras el que salió disparado, o al menos dejar que Gregorio fuera en su persecución, agarró con la mano derecha el bastón que el principal había dejado abandonado en una silla, junto con el sombrero y el abrigo, y, tomando de la mesa, con la otra mano, un gran periódico, comenzó a patear fuertemente el suelo, blandiendo el papel y el bastón para llevar a Gregorio nuevamente a su cuarto. No le sirvieron a éste sus súplicas, que ni siquiera le entendían; y por más que bajaba sumiso la cabeza, el padre seguía con su pataleo, cada vez más violento. Su madre, por otro lado, aunque el tiempo era frío, abrió una ventana, y reclinada hacia el exterior se cubría la cara con las manos. Entre la ventana abierta y la escalera se formó una fuerte corriente de aire; las cortinas se abombaron, los periódicos se agitaban sobre la mesa y algunas hojas cayeron al suelo. El padre, inexorable, apuraba la retirada con salvajes silbidos. Mas Gregorio aún no tenía mucha práctica en caminar hacia atrás y la maniobra iba muy lenta. Si al menos hubiera podido darse vuelta, hubiera llegado rápido a su cuarto. Pero no se atrevía a hacerlo, por no violentar más a su padre con la lentitud de tal rotación; y en cualquier momento el bastón, en manos de su padre, podría golpearle fatalmente la espalda o la cabeza. Pero, al fin no le quedó otra cosa que hacer que volverse, al darse cuenta con horror, que caminando hacia atrás no podía controlar su dirección. De manera que, aunque no dejó de mirar angustiado a su padre, comenzó a dar vuelta, lo más vertiginoso que pudo, que fue muy lento. Parece que el padre notó sus buenas intenciones, pues no lo siguió acosando, e incluso le dirigió desde lejos la maniobra con la punta del bastón. ¡Si al menos pudiera haber dejado él de silbar de ese modo tan terrible! Eso era lo que más desesperaba a Gregorio. Al terminar casi ya, de dar la vuelta, el silbido lo desconcertó, haciendo que de nuevo equivocara un tanto la dirección. Finalmente, su cabeza se encontró frente a la puerta. Mas en ese momento, se dio cuenta que su cuerpo era demasiado ancho para poder pasarlo sin dificultades. Al padre, como era de esperar dado su estado de ánimo, tampoco se le ocurrió abrir la otra hoja de la puerta para que Gregorio tuviera espacio para pasar. Únicamente le obsesionaba la idea de hacer que Gregorio entrara a su habitación lo más rápidamente posible. Tampoco habría soportado él jamás los minuciosos preparativos que Gregorio precisaba para incorporarse y poder así, quizá, pasar por la puerta. Probablemente ahora estaba haciendo más ruido que nunca urgiendo a Gregorio para que avanzara, como si para ello no existiera ningún impedimento.

Gregorio escuchaba tras sí una voz que parecía increíble fuera la de su progenitor. La cosa no era para bromas. Gregorio —arriesgándole todo— se metió como pudo en la puerta. Se levantó de medio lado; ahora estaba reclinado en un ángulo del umbral con el costado totalmente destrozado. En la nitidez de la puerta, se pegaron unas manchas asquerosas. Allí quedó Gregorio atrapado, totalmente impedido de moverse por sí mismo en lo más mínimo. Las patitas de uno de los lados colgaban temblorosas en el aire, mientras las del otro quedaron dolorosamente prensadas contra el suelo. Entonces su padre le dio por detrás un fuerte y a la vez salvador empujón, que lo lanzó dentro de la habitación, al mismo tiempo que sangraba abundantemente. En seguida la puerta fue cerrada de un bastonazo y finalmente todo volvió a la calma.

2

Hasta que llegó el crepúsculo no despertó Gregorio de aquel profundo sueño, parecido más bien a un desmayo. No habría demorado mucho en despertarse por sí mismo, porque se sentía muy descansado; pero le despertó la sensación de oír el rumor de pasos misteriosos y el ruido de la puerta del recibidor, que era cerrada con sigilo. El alumbrado eléctrico de la calle lanzaba un pálido resplandor aquí y allá en el techo de su cuarto y en la parte alta de los muebles; pero abajo, donde Gregorio estaba, sólo había oscuridad. Lentamente y con cierta torpeza, tanteando con sus tentáculos cuyo valor comenzaba a apreciar, se llegó hasta la puerta para ver qué es lo que había pasado allí. Su lado izquierdo era sólo una prolongada y repelente llaga. Cojeaba al andar sobre cada una de su doble hilera de patas. Una de éstas, que resultara herida en el accidente de la mañana —¡milagrosamente las otras no sufrieron daño!— era arrastrada ya sin vida.

Al acercarse a la puerta, se dio cuenta que lo que le hizo ir allá era el olor de comida. Encontró un tazón lleno de leche fresca, en el que flotaban pedacitos de pan blanco. Casi rompe a reír de alegría, pues ahora tenía más hambre todavía que por la mañana. Inmediatamente metió la cabeza en la leche, casi hasta los ojos, pero rápido la sacó de allí, muy desilusionado, pues no sólo le molestaba el dolor de su costado izquierdo, que apenas le permitía comer —y para hacerlo, tenía que mover todo el cuerpo—, sino que además, la leche no le gustó en lo más mínimo, y eso que fue siempre su bebida preferida; por lo que sabiéndolo tal vez se la había dejado allí su hermana. Se separó casi con asco del tazón, y se fue arrastrando nuevamente hacia el medio del cuarto.

A través de la rendija de la puerta vio que el gas estaba prendido en el vestíbulo. Mas al revés de lo que acontecía de costumbre, no se escuchaba leer al padre en voz alta a su madre —y en ocasiones a su hermana también— el periódico de la noche; no se oía ningún ruido. Bueno, quizá esa costumbre que siempre le comentaba su hermana en conversaciones y en cartas, ya no la practicaban. Pero a su alrededor todo era silencio, a pesar de que, con certeza, en la casa había gente. —¡Qué apacible vida parece vivir mi familia! —se dijo Gregorio. Y mientras sus miradas se dirigían a la penumbra, se sintió orgulloso de haber logrado proporcionar a sus padres y hermana tan tranquila existencia, en un apartamiento tan bonito. Pero, ¿y si aquella tranquilidad, aquel bienestar y aquella alegría hallaban su fin en el horror? Para evitar perderse en esos pensamientos, se acogió al movimiento físico y empezó a arrastrarse de un lado a otro por el cuarto.

Durante la noche se entreabrió una vez una de las hojas de la puerta, y se cerró rápidamente; más tarde sucedió igual con la otra; aparentemente alguien quiso entrar y luego lo pensó mejor. En vista de lo cual, Gregorio se apostó junto a la puerta que daba a la estancia, con la intención de decidir a entrar al indeciso visitante, o al menos ver de quién se trataba. Pero no se volvió a abrir la puerta y esperó inútilmente. En la mañana temprano, cuando las puertas estaban cerradas, todos ellos habían querido entrar, y ahora que él había abierto una puerta, y la otra aparentemente fue abierta durante el día, nadie entraba, y eso que las llaves estaban por fuera, colocadas en las cerraduras.

Muy tarde en la noche, se apagó la luz del recibidor. Gregorio dedujo que sus padres y su hermana estuvieron despiertos hasta entonces, porque pudo oír claramente los pasos de los tres alejándose de puntillas. Con seguridad que hasta el otro día en la mañana nadie entraría a verlo. Gregorio tendría suficiente tiempo para meditar, sin miedo a ser molestado, sobre cómo ordenaría su vida en el futuro. Pero ese cuarto tan frío y alto de techo, donde tenía que estar de bruces en el suelo, lo amedrantó sin saber el porqué, ya que era su habitación desde hacía cinco años. Con un movimiento inconsciente, y no sin una ligera sensación de vergüenza, se metió debajo del sofá, en donde a pesar de encontrarse un poco apretado y no poder alzar la cabeza, se sintió de pronto muy a gusto, lamentando sólo no poderse meter allí por completo debido a su enorme corpulencia.

Allí estuvo toda la noche, parte en dormevela, de la que le despertaba sobresaltado el hambre, y parte, también, lleno de preocupaciones y esperanzas confusas, que siempre concluían en la necesidad, de momento, de conservar la calma y tener paciencia, y de hacer lo imposible, al mismo tiempo, para que su familia pudiera soportar todas las molestias que en su estado actual tendría que ocasionar.

Muy temprano, casi al amanecer, tuvo Gregorio ocasión de comprobar lo importante de sus recientes resoluciones. Su hermana, ya casi arreglada, abrió la puerta que daba al recibimiento y atisbó al interior. De momento no lo vio; pero luego, al encontrarlo debajo del sofá —¡en alguna parte había de estar, no iba a haber volado!, ¿verdad?— se asustó de tal modo que, sin lograr dominarse, cerró nuevamente la puerta. Pero sin duda que luego se arrepintió de su conducta, porque volvió a abrir de inmediato y entró de puntillas, tal como si estuviera de visita en la habitación de un enfermo grave o en la de un desconocido. Gregorio, que casi sacó la cabeza de debajo del sofá, la observaba. ¿Advertiría que no había probado la leche y, entendiendo que no sería por falta de hambre, le traería de comer otra cosa más de su gusto? Pero si ella no lo hacía espontáneamente, él preferiría morirse de hambre antes de llamarle la atención sobre el particular, a pesar de tener inmensos deseos de salir de debajo del sofá, arrojarse a sus pies e implorarla le trajese algo de comer. Pero la hermana notó al momento, con sorpresa, que el tazón estaba todavía lleno, y que sólo se había caído un poco de leche afuera. La recogió de inmediato, claro que no con la simple mano, sino valiéndose de un trapo, y se la llevó. Gregorio sentía una gran curiosidad por ver lo que le traería a cambio, y sobre ello hizo varias conjeturas. Pero, jamás hubiera supuesto lo que la bondad de la hermana le reservaba. Para ver lo que era de su gusto, le trajo una variedad completa de alimentos que extendió sobre un periódico viejo. Allí había vegetales pasados, medio podridos; huesos de la cena de la noche anterior, con salsa blanca, que se había cuajado; pasas y almendras; un trozo de queso que, dos días antes, Gregorio había encontrado ya incomible; un panecillo duro; otro, untado con mantequilla, y otro con mantequilla y sal. Junto a todo esto le puso de nuevo el tazón, que aparentemente quedaba destinado para el exclusivo uso de Gregorio, pero que ahora lo llenó ella de agua. Y por delicadeza —sabiendo que Gregorio no comería estando ella presente— se fue lo más rápido que pudo e incluso dio vuelta a la llave, para que Gregorio comprendiese que podía ponerse tan cómodo como gustara. Al dirigirse Gregorio a comer, todas sus patas zumbaron. Además las heridas seguramente habían sanado totalmente, ya que no le molestaban; lo cual le sorprendió, pues recordó que hacía más de un mes se había herido con un cuchillo en un dedo y que hasta dos días antes todavía le dolía mucho. —¿Acaso tendré yo ahora menos sensibilidad que antes? —se dijo, mientras comenzaba a chupar con glotonería el queso, que fue lo primero y que con más fuerza le atrajo. Velozmente, con los ojos húmedos de lágrimas de alegría, devoró en primer lugar el queso, luego los vegetales y la salsa. Por otro lado, los alimentos frescos no le agradaban, no soportaba su olor, hasta el extremo de arrastrar lejos las cosas que deseaba comerse.

Hacía ya rato que había terminado. Se encontraba perezosamente echado en el mismo lugar, cuando su hermana comenzó a girar la llave con lentitud, sin duda para darle aviso de que debía retirarse. Aunque estaba adormilado, Gregorio se levantó y corrió a ocultarse de nuevo debajo del sofá. Pero estar allí, aunque fuera mientras la hermana estuvo en el cuarto, le costó ahora un esfuerzo enorme de voluntad; porque debido a la abundante comida ingerida, su cuerpo había aumentado un poco de volumen y apenas podía respirar en ese espacio tan reducido. Con un ligero ahogo observaba, con los ojos un tanto desorbitados, a su hermana, totalmente ajena a lo que le ocurría, barrer con una escoba, no sólo los restos de la comida sino también los alimentos que Gregorio ni había siquiera tocado, como si éstos ya no pudiesen ser de provecho para nadie. Además vio, cómo apresuradamente tiraba todo en un cubo que cerró con una tapa de madera, llevándoselo. En cuanto se marchó su hermana, Gregorio salió de debajo del sofá, se estiró y respiró.

De este modo recibió Gregorio a diario su comida; una vez por la mañana, temprano, mientras dormían los padres y la criada, y otra, después del almuerzo, en tanto los padres se echaban un rato la siesta y la criada salía a uno que otro recado, a que la mandaba la hermana. Naturalmente que ellos tampoco deseaban que Gregorio se muriese de hambre; pero quizá no hubieran logrado soportar la escena de sus comidas, y era mejor conocerla de oídas por las referencias de la hermana. Probablemente también quería ésta evitarles una pena más, aparte de las que estaban sufriendo.

A Gregorio le fue imposible saber con qué pretextos habían despedido aquella mañana al médico y al cerrajero. Como no podía hacerse comprender de nadie, a nadie se le ocurrió, ni siquiera a la hermana, que él pudiese entender lo que ellos le decían. De modo que hubo de conformarse, cuando la hermana entraba a su cuarto, con oírla gemir, y en ocasiones escuchar sus invocaciones a todos los santos. Tiempo después, cuando ella se hizo un poco a la idea de este nuevo estado de cosas —aunque, como es lógico, nunca llegaría a acostumbrarse por completo—, pudo Gregorio notar en ella algún ademán amable, o, al menos, algo que así podía interpretarse. —Hoy sí le gustó la comida —comentaba cuando Gregorio había comido opíparamente; mientras que en el caso contrario, lo que gradualmente pasaba más y más a menudo, acostumbraba a decir tristemente: —¡Caray!, tampoco hoy ha tocado los alimentos.

Pero, a pesar de que Gregorio no podía indagar directamente ninguna nueva, puso atención a lo que ocurría en las habitaciones vecinas, y apenas sentía voces corría hacia la puerta que daba al lado de donde provenían y pegaba todo su cuerpo a ella. Sobre todo en los primeros tiempos, todas las conversaciones eran sobre él, aunque fuera indirectamente. Durante dos días, en todas las comidas hubo discusiones en la familia referentes a la conducta que correspondería observar en el futuro. Pero además, fuera de esas horas se conversaba del mismo tema, ya que como ningún miembro de la familia quería quedarse solo en casa —y ni que pensar en salir todos y dejarla abandonada—, siempre había allí por lo menos dos personas para charlar. Ya el primer día, la criada, que aún no se sabía a ciencia cierta en qué medida era conocedora de lo acaecido, había pedido de rodillas a la madre que la echara inmediatamente, y al partir, un cuarto de hora después, lo agradeció con lágrimas en los ojos, como si hubiera recibido el mayor de los favores, y sin que nadie se lo sugiriera, se comprometió con juramentos solemnes. a no contar a nadie ni una sola palabra de lo sucedido.

La hermana tuvo que ayudar en la cocina a su madre, lo que realmente no significaba gran trabajo, ya que apenas si comían. Gregorio los escuchaba a cada instante incitándose en vano unos a otros para comer, y se respondían invariablemente con un "gracias, tengo lo suficiente", u otra frase parecida. Tampoco bebían gran cosa. A menudo preguntaba la hermana al padre si deseaba cerveza, ofreciéndose bondadosamente a ir ella misma a buscarla, y cuando guardaba silencio el padre, ella sugería pedir al portero que fuera a conseguirla, si es que no quería que ella se molestara; mas el padre contestaba por fin con un "no" rotundo y no se hablaba más del asunto.

Ya el primer día explicó el padre a la madre y a la hermana la real situación económica de la familia y las perspectivas que se presentaban. A veces se incorporaba de la mesa para buscar en su pequeña caja de caudales —librada de la quiebra de sus negocios cinco años antes— algún documento o libro de apuntes. Se podía oír cuando abría la complicada cerradura, y el crujir de los papeles que sacaban, y luego, de nuevo, el ruido cuando cerraba. Estas explicaciones dadas por su padre, fueron la primera noticia agradable que escuchó Gregorio desde su encierro. Siempre había pensado que su padre no pudo salvar ni un centavo de su fallido negocio. El viejo nunca le dijo nada que le dejara entrever lo contrario, y por otra parte, a él no se le ocurrió hacerle ninguna pregunta directa sobre el particular. En aquellos días, Gregorio solamente se había preocupado en ayudar a la familia a superar, lo más pronto posible, la quiebra que les hundió el negocio y les sumiera a todos en la más terrible desesperación. Eso lo había impulsado a trabajar con tal tesón, que no tardó en pasar de ser simple dependiente, a la categoría de todo un señor viajante de comercio, con muchas mayores posibilidades de obtener dinero, y cuyos éxitos en el trabajo se palpaban inmediatamente bajo la forma de continuas comisiones en efectivo, puestas sobre la mesa familiar ante el asombro y el contento de su feliz familia. Aquellos fueron tiempos hermosos en verdad. Pero no se habían repetido, por lo menos con igual brillantez, pues aunque Gregorio logró después ganar lo suficiente para mantener por sí solo la casa, la costumbre, tanto en la familia, que recibía agradecida el dinero de Gregorio, como en éste, que lo entregaba con gusto, hizo que las muestras de sorpresa y alegría no volviesen a reproducirse con el mismo sentimiento de entusiasmo. Sólo la hermana siempre estuvo muy unida a Gregorio, y como, al revés de éste, era muy aficionada a la música y tocaba el violín con gran talento, Gregorio alimentaba la secreta ilusión de poderla enviar, para el año próximo, al Conservatorio, sin importarle los gastos que ésto le acarrearía seguramente y de los cuales ya se resarciría de algún modo. Durante las cortas estancias de Gregorio en casa junto a la familia, a menudo, en las charlas con la hermana, se hablaba del Conservatorio, pero siempre como un sueño irrealizable, como de una simple ilusión en la que no cabía pensar se hiciera realidad. A los padres, esta clase de proyectos no les agradaba mucho; mas Gregorio pensaba muy en serio en ellos, y tenía resuelto comunicar solemnemente su decisión el día de Navidad.

Todos estos propósitos, dado su estado actual resultaban totalmente inútiles ya; se morían en su mente, mientras él, pegado a la puerta, oía lo que se hablaba al lado. Alguna que otra vez la fatiga le impedía poner atención, y dejaba caer con cansancio la cabeza contra la puerta. Pero, en seguida volvía a levantarla, porque incluso el pequeño ruido que este gesto suyo ocasionaba, era sentido en el cuarto vecino, haciéndoles enmudecer a todos.

—Pero, ¿qué estará haciendo ahora? —comentaba el padre, al poco rato, mirando sin duda hacia su puerta.

Y luego, gradualmente continuaban la interrumpida charla.

En esta forma se enteró Gregorio ahora, con mucha alegría —el padre repetía una y otra vez sus explicaciones: primero porque hacía tiempo que él mismo no se había preocupado de aquellos problemas, y en parte también porque la madre tardaba en comprenderlos— que, a pesar del infortunio, todavía les quedaba de su arruinado negocio algún dinero; es cierto que muy poco, pero que algo se fue incrementando desde entonces debido a los intereses, que no se habían tocado. Por otro lado, el dinero que entregaba cada mes Gregorio —él guardaba para sí sólo una pequeña cantidad— no se gastaba por completo, y ahora esos ahorros formaban un pequeño capital. A través de la puerta, Gregorio aprobaba con la cabeza, feliz de tan inesperado ahorro e insospechada previsión. Es verdad que con este dinero sobrante podría él haber ido liquidando en mayor proporción la deuda que su padre tenía con su jefe, y ver de este modo más próximo el día en que pudiera dejar su trabajo; pero indudablemente resultaba mucho mejor la manera en que su padre había dispuesto las cosas.

Sin embargo, este dinero no era lo suficiente como para permitir a la familia vivir de los intereses que rindiera; y si para vivir iban disponiendo del capital principal, éste no les alcanzaría sino para un año o dos, cuando más. Esto era todo. Se trataba, pues, de un pequeño capital que no convenía tocar, y que había que guardar para un caso de apuro. El dinero para ir viviendo, habría que ganarlo. Pero ocurría que el padre, a pesar de gozar de buena salud, ya era viejo y tenía cinco años sin trabajar, y no podía esperarse mucho de él; en estos cinco años, que habían sido los primeros ociosos de su ardua pero fracasada existencia, había engordado mucho y perdido viveza. ¿Es que debería ganarse la vida la anciana madre, que sufría de asma, que se fatigaba solamente de andar un poco por la casa, y que un día y otro tenía que echarse en el sofá, jadeante la respiración, con toda la ventana abierta? ¿Habría su hermana de ganarse el pan, ella, tan niña, con sus diecisiete años, y cuya agradable existencia hasta ahora había consistido en acicalarse, dormir todo lo que deseaba, ayudar en los quehaceres de la casa, participar en alguna que otra modesta diversión y, sobre todo, tocar el violín? Siempre que la conversación tocaba el tema de la necesidad de ganar dinero, Gregorio se alejaba de la puerta y, lleno de pena y de vergüenza, se tiraba sobre el frío sofá de cuero. Casi siempre se pasaba allí toda la noche, sin dormir nada, arañando el cuero durante horas. En ocasiones se tomaba también el tremendo trabajo de empujar una butaca hasta la ventana, y, trepando por el alféizar, se quedaba de pie en la butaca y apoyado en los vidrios, recordando, sin duda, el sentimiento de libertad que en otros tiempos le proporcionaba asomarse a la ventana. Realmente, día a día aun las cosas cercanas se le dibujaban con menos claridad. El hospital de enfrente, cuya vista tantas veces maldijera, ya no lo divisaba; y, de no haber sabido, sin lugar a dudas, que vivía en la calle Carlota, una calle que aun siendo de ciudad era una calle tranquila, hubiera podido pensar que su ventana daba a un desierto desolado, donde el gris del cielo y el gris de la tierra se confundían hasta el punto de no poderse distinguir uno del otro.

Solamente en dos oportunidades advirtió la hermana, siempre vigilante, que la butaca estaba junto a la ventana. Y entonces, al arreglarle su cuarto, acercaba ella misma la butaca. Más todavía, dejaba abiertas las contraventanas.

Si Gregorio hubiera podido al menos charlar con su hermana; si hubiera podido agradecerle todo lo que por él hacía, habría sobrellevado mejor el tener que ocasionarle a ella esos trabajos; pero no era así, y se sentía deprimido. Ciertamente la hermana hacía lo imposible por borrar lo desagradable de su tarea y, a medida que pasaba el tiempo, iba lográndolo mejor, como es natural. Mas también a Gregorio, el paso de los días le traían mayor claridad. Ahora, la entrada de la hermana era motivo de angustia para él. En cuanto entraba y sin cuidarse ni de cerrar antes las puertas, como era su costumbre, para ocultar a todos la vista del cuarto, corría apresuradamente hacia la ventana y la abría en seguida, como si temiera asfixiarse; y hasta cuando hacía intenso frío se quedaba allí algún tiempo, respirando profundamente. Esas precipitaciones ruidosas turbaban a Gregorio dos veces al día. Gregorio, aunque sabía que ella le hubiera evitado con agrado esas molestias, si hubiera podido permanecer con las ventanas cerradas en la habitación, quedaba tiritando debajo del sofá, mientras duraba la visita.

En una ocasión, luego de un mes de que se produjera la metamorfosis, y cuando por consiguiente no había razón especial para que la hermana se asustara del aspecto de Gregorio, ella entró algo más temprano que lo que acostumbraba y se encontró a éste mirando por la ventana, totalmente inmóvil, en postura tal que parecía un fantasma. No le hubiera extrañado nada a Gregorio que su hermana se abstuviera de entrar, porque no podía abrir inmediatamente la ventana mientras él estuviera allí. Mas, no solamente no pasó, sino que retrocedió, cerrando la puerta; un extraño hubiese pensado que Gregorio la acechaba para morderla. Claro es que Gregorio se escondió en seguida debajo del sofá, pero hubo de aguardar hasta el mediodía antes de que ella regresara, más intranquila que de costumbre. Esto le hizo comprobar cuán repulsiva resultaba todavía su presencia a los ojos de su hermana, que lo iba a seguir siendo, y que ésta habría de hacer un gran esfuerzo de voluntad para no partir también corriendo al alcanzar a ver la pequeña parte del cuerpo que asomaba por debajo del sofá. Y a fin de ahorrarle esto, trasladó un día sobre sus espaldas —trabajo que le costó cuatro horas— una sábana hasta el sofá, y la colocó de manera que quedara totalmente oculto, de forma que su hermana no le viera aunque se agachara mucho. Si ella hubiera considerado que la sábana era innecesaria, ella mismo de seguro la habría retirado del sofá, pues era fácil de entender que para Gregorio este confinamiento no representaba ninguna comodidad. Pero dejó la sábana tal como estaba, e incluso Gregorio, al levantar cuidadosamente con la cabeza una punta de ésta, para ver cómo la hermana tomaba esa nueva providencia, le pareció ver en los ojos de ella una mirada de agradecimiento.

Durante los primeros quince días no pudieron sus padres decidirse a entrar a su cuarto. Él, a menudo, les oía elogiar los trabajos de la hermana, cuando hasta esa fecha más bien solían regañarla, pues pensaban que era algo así como una hija inútil. Pero, frecuentemente, ambos, el padre y la madre aguardaban fuera del cuarto de Gregorio, mientras la hermana le ordenaba; y tan pronto salía tenía que contarles con detalle, cómo estaban las cosas en el cuarto, lo que Gregorio había comido, cómo se había conducido esta vez, y si no experimentaba alguna mejoría.

Por otra parte, su madre comenzó relativamente pronto a querer visitarle, pero el padre y la hermana la disuadieron con argumentos que Gregorio escuchó con la mayor atención, y aprobó totalmente. Pero después fue necesario impedírselo por la fuerza, y cuando exclamaba: "¡Dejadme pasar a ver a Gregorio! ¡Desgraciado hijo mío! ¿No comprendéis que necesito estar con él?" Gregorio pensaba que tal vez conviniera que su madre entrase. Aunque no todos los días, pero por lo menos una vez a la semana; ella era mucho más comprensiva que la hermana, la cual, a pesar de todo su valor, no dejaba de ser, en definitiva, más que una niña, que posiblemente sólo por ligereza infantil se había echado encima tan dura carga.

El deseo de Gregorio de ver a su madre no tardó en cumplirse. Durante el día, por consideración a sus padres, no quería asomarse a la ventana. Pero poco podía arrastrarse en aquellos dos metros cuadrados de suelo de que disponía. Le resultaba ya difícil el descansar tranquilo durante la noche. Perdió el interés que le causaran los alimentos, y así fue adquiriendo, a modo de distracción, el hábito de trepar zigzagueando por las paredes y el techo. En especial, gozaba colgándose suspendido del techo; era mucho mejor que estar echado en el suelo, y allí se respiraba más libremente y el cuerpo se bamboleaba y mecía con ligereza. Mas ocurrió que Gregorio, en el casi feliz ensimismamiento a que le llevó la suspensión, y para su gran sorpresa, se desprendió del techo y fue a estrellarse contra el suelo. Pero ahora él tenía mucho mayor control sobre su cuerpo que anteriormente, y a pesar del ímpetu del golpe no se lastimó.

La hermana notó de inmediato la nueva distracción de Gregorio —seguramente que él dejaba al trepar, acá y allá, rastros de babilla—, y se le ocurrió la idea de proporcionarle un campo lo más amplio posible para que trepara, a cuyo efecto pensó en retirar los muebles que estorbaban, y, sobre todo, el baúl y el escritorio. Pero esto no lo podía hacer ella sola; tampoco se atrevía a pedir al padre que la ayudara; y con respecto a la criada, una joven de dieciséis años que había tenido el valor de quedarse luego de que se marchó la cocinera, no se podía contar con ella, porque había solicitado como especial favor, que se le permitiera tener siempre cerrada la puerta de la cocina y no abrirla sino cuando la llamasen. Por consiguiente, sólo quedaba recurrir a la madre en las horas en que el padre estaba ausente. La anciana señora acudió gritando de contenta. Pero enmudeció en la misma puerta del cuarto. Como es lógico, primero se aseguró la hermana de que todo estaba en orden, y sólo entonces la dejó entrar. Gregorio se había apurado en bajar la sábana más que lo acostumbrado, de modo que formara abundantes pliegues, y daba la sensación de haber sido tirada allí accidentalmente. Esta vez no quiso atisbar por debajo del sofá; renunció al placer de ver a su madre en esta ocasión, y se puso muy contento sólo porque ésta, al fin, hubiera venido.

—Pasa, que no se le ve —dijo la hermana, que era obvio que llevaba a la madre de la mano.

Y Gregorio sintió cómo las dos frágiles mujeres se esforzaban por mover de su lugar el viejo y muy pesado baúl, y cómo su hermana, siempre animosa, tomaba sobre sí la mayor parte del trabajo, sin escuchar las advertencias de la madre, que temía que se fatigara más de la cuenta. La operación llevó mucho tiempo; después de un cuarto de hora, la madre objetó que sería mejor dejar el baúl donde estaba; en primer término porque era muy pesado y no terminarían antes de que el padre regresara a casa, y porque estando el baúl en medio de la habitación, obstaculizaría el paso a Gregorio, y, en segundo lugar, porque no había seguridad de que moviendo los muebles se ayudara en nada a Gregorio. Ella se inclinaba a pensar que debía de ser todo lo contrario. La vista de las paredes desnudas le oprimía su propio corazón. ¿Por qué no podría sentir Gregorio lo mismo, desde el momento que tuvo siempre costumbre de ver los muebles de su cuarto? ¿Quién podría asegurar que no se sentiría como desamparado en ese dormitorio vacío?

—¿Y no daría la impresión entonces —concluyó en voz baja, casi en susurro, como de hecho habló todo el tiempo, como si quisiera evitar a Gregorio, que no sabía el lugar preciso dónde se hallaba, hasta oír el sonido de su voz, porque estaba creída de que no comprendía las palabras—, no parecería pues que, al sacar los muebles, indicáramos que nos negábamos a toda esperanza de alivio y que lo dejábamos abandonado a su suerte? Yo pienso que lo mejor sería dejar el cuarto tal y como estaba, con el fin de que Gregorio, cuando regrese entre nosotros, lo halle todo como siempre y ésto le facilite el olvido de este paréntesis tan doloroso.

Al escuchar ésto de su madre se dio cuenta Gregorio de que el no hablar con la gente durante esos dos meses, sumado a la monotonía de la existencia que llevaba entre los suyos le había originado una confusión de ideas, pues, de otra manera, no podía explicarse por que él prefería ver su habitación vacía de muebles.

¿Es que él realmente quería que su cálida habitación, confortable y arreglada con antiguos muebles de familia, se transformara en un desierto en el cual hubiera podido, sin duda, trepar en todas las direcciones sin ningún impedimento, pero a riesgo de caer, simultáneamente, en el olvido de su pasada condición humana?

Y él se encontraba ahora tan cerca de llegar a ese olvido, que sólo la voz de la madre, no escuchada desde hacía ya tanto tiempo, lo había evitado. No, era mejor no sacar nada del cuarto; todo debía quedar donde estaba, no era posible prescindir de la bienhechora influencia que los muebles ejercían sobre su estado de ánimo, incluso aunque le impidieran ir de un lado a otro libremente; esto no era un inconveniente sino más bien una ventaja.

Por desdicha, la hermana no pensaba lo mismo, y, como se había acostumbrado —y no sin razón— a considerarse más conocedora que sus padres de todo lo que a su hermano competía, bastó que escuchara el consejo de la madre para que ahora insistiera, y agregara, además, que no sólo debían retirarse de allí el baúl y la mesa, en los que únicamente había pensado en un principio, sino también todos los otros muebles, con excepción, claro está, del sofá que era allí indispensable.

Este empeño, naturalmente, no era sólo producto de su recalcitrante tozudez infantil y de aquella confianza en sí misma que recientemente había adquirido tan de improviso y a tal costo: es que también había notado que Gregorio, aparte de precisar gran espacio para arrastrarse y trepar, no usaba los muebles para nada. Otro factor que quizá la impulsara, fuera ese entusiasmo propio de las muchachas de su edad, ansioso siempre de una ocasión que le permitiese ejercitarse, que la hizo dejarse llevar por el deseo de exagerar lo horroroso de la situación de Gregorio, a fin de poderlo ayudar en forma aún más amplia que hasta ahora. Y es que en un cuarto en que el hermano apareciese totalmente sólo entre las cuatro paredes desnudas, seguramente que nadie sino ella se atrevería a poner los pies.

En fin, no pudo la madre hacerla desistir de sus propósitos, y como ésta se sentía muy incómoda en la habitación no tardó en callarse y en ayudar a Grete, con todas sus fuerzas, a sacar el baúl. Ahora bien, de ser necesario, Gregorio podía prescindir del arca, pero el escritorio tenían que dejarlo allí. Tan pronto como las dos mujeres salieron del cuarto llevándose el baúl, al que empujaban entre gemidos, sacó Gregorio la cabeza de debajo del sofá para ver cómo podría intervenir con el máximo de provecho y tomando todas las precauciones posibles. Con tan mala suerte, que su madre fue la primera en volver, mientras Grete, en la habitación contigua, seguía aferrada al cofre, intentando, sin éxito, moverlo de lugar. La madre no estaba habituada a la vista de Gregorio, y quizá pudiera enfermarse al contemplarlo; alarmado por eso, Gregorio retrocedió a toda velocidad hasta el otro extremo del sofá; sin embargo no pudo evitar que la sábana que le escondía se moviera un poco, lo cual fue suficiente para llamar la atención de la madre. Ésta se detuvo bruscamente, quedó un instante en suspenso, y regresó donde Grete.

A pesar de que Gregorio se tranquilizaba diciéndose que no ocurría nada anormal y que sólo se cambiaban de lugar algunos muebles, pronto tuvo que admitir que todo aquel ir y venir de las mujeres, las exclamaciones que hacían, el rayar de los muebles en el piso, le causaban el efecto de que en torno suyo reinaba una gran conmoción; y encogiendo lo más que pudo la cabeza y las piernas y aplastando el vientre contra el suelo, se vio obligado a confesar que no podría soportarlo por mucho tiempo más.

Le dejaban el cuarto vacío, le quitaban todo lo que él quería: ya le habían llevado el baúl donde guardaba la sierra y las otras herramientas; ya movían el escritorio, tan sólidamente empotrado en el suelo; era el escritorio en el que había hecho en casa las tareas que le señalaban cuando iba a la Academia de Comercio y cuando cursaba Humanidades. Sí, no tenía ya tiempo que perder sopesando las buenas intenciones de las dos mujeres, cuya existencia casi había olvidado ahora porque, rendidas de cansancio, trabajaban en silencio, y sólo se oía el pesado arrastrar de sus pasos.

Y así, él se precipitó fuera de su escondite —las mujeres estaban en ese preciso instante en la habitación contigua recostadas sobre el escritorio dándose un respiro— y cambió hasta cuatro veces la dirección de su marcha, pues no sabía realmente hacia dónde acudir primero. En esto le llamó la atención, en la pared ya desmantelada, el retrato de la dama envuelta en pieles. Trepó rápidamente hasta allí, y aferróse al cristal, que tenía una buena superficie para asirse y que calmó el ardor de su vientre. Por lo menos este cuadro que él tapaba ahora totalmente no lo movería nadie. Y giró su cabeza en dirección a la puerta de la sala de espera, para poder atisbar a las mujeres en cuanto éstas regresaran.

Lo cierto es que éstas no se permitieron mucho descanso, y ya venían de nuevo, Grete rodeando a la madre con el brazo, casi sosteniéndola.

—Bien, ¿qué nos llevamos ahora? —dijo Grete mirando a su alrededor. En esto, sus miradas se encontraron con las de Gregorio, pegado a la pared. Grete logró dominarse, presumiblemente en consideración a su madre; inclinóse hacia ésta para evitar que viera lo que había alrededor suyo, y en seguida con voz alterada, la dijo:

—Ven, ¿no crees que sería mejor que regresáramos por un momento a la estancia? Gregorio adivinaba perfectamente las intenciones de Grete: quería poner a salvo a la madre, y, después, echarlo abajo de la pared. Bien, ¡que tratara de hacerlo! Él seguía asido de su cuadro y no cedería. Prefería saltarle a Grete a la cara. Pero las palabras de ésta sólo habían conseguido inquietar a la madre. Ésta se hizo a un lado, percibió aquella mancha oscura sobre el rameado papel de la pared, y antes de poder percatarse de que aquello que veía era Gregorio, gritó con voz bronca, estentórea:

—¡Ay, Dios mío! ¡Ay, Dios mío! —Y cayó en el sofá, con los brazos abiertos, como si rindiera el último suspiro, quedando inmóvil.

—¡Cuidado, Gregorio! —le gritó la hermana con el puño en alto y mirada enérgica.

Estas eran las primeras palabras que ella le dirigía directamente después de su metamorfosis. Corrió al cuarto vecino, en busca de alguna esencia aromática con la que reanimar a la madre de su desvanecimiento. Gregorio hubiera deseado ayudarla —para salvar la litografía aún quedaba tiempo—, pero se encontraba pegado al cristal, y tuvo que desprenderse de él violentamente. Después de ésto corrió tras de su hermana a la habitación contigua, como si pudiese aconsejarla, igual que lo hacía en otro tiempo. Pero tuvo que contentarse con quedarse quieto detrás de ella.

Entre tanto, Grete buscaba entre un sinnúmero de frasquitos, y al darse vuelta, al ver al hermano se asustó y se le cayó al suelo una botella que se rompió; un pedazo de vidrio hirió a Gregorio en la cara, salpicándosela de un líquido corrosivo. Pero Grete, sin detenerse un momento, cogió todos los frascos que pudo llevar y se apresuró con ellos a donde estaba la madre, cerrando tras sí la puerta con el pie. Gregorio se encontraba ahora totalmente separado de su madre, la cual, por culpa suya, quizá se hallaba en trance de muerte. ¡Y él no se atrevía a abrir la puerta por temor de ahuyentar de allí a su hermana, quien debía permanecer junto a su madre!; no había nada que hacer, pues, sino esperar. Y, lleno de arrepentimiento y de intranquilidad comenzó a trepar por paredes, muebles y techo y, al fin, cuando se mareó y todo le daba vueltas, se tiró desesperado encima de la gran mesa.

Así pasaron unos minutos. Gregorio estaba agotado; en su alrededor todo era silencio, lo que quizá era indicio de buen augurio. Entonces sonó el timbre. La criada, como de costumbre, estaba encerrada en su cocina, y Grete tuvo que abrir la puerta. Era el padre.

—¿Qué ha pasado? —fueron sus primeras palabras. La cara de Grete le debió explicar todo. Grete, ocultando su rostro en el pecho del padre, le dijo con voz entrecortada:

—Mamá se desmayó, pero ahora está mejor. Gregorio anduvo suelto.

—Lo supuse —contestó el padre—. Es precisamente lo que os he estado advirtiendo, pero ustedes, las mujeres, nunca hacen caso. Para Gregorio estaba claro que su padre daba a las breves palabras de Grete la peor interpretación, y que presumía que Gregorio resultaba culpable de algún acto violento. Era preciso, en consecuencia, calmarlo, ya que no disponía ni de tiempo ni de medios para darle una explicación. Se llegó a la puerta de su cuarto, apretujándose contra ella, con el fin de que el padre, tan pronto viniera del vestíbulo se diera cuenta de que Gregorio tenía la buena intención de regresar de inmediato a su habitación, y de que ni siquiera había que empujarlo hacia adentro, sino que era suficiente con abrirle la puerta para que desapareciera en seguida.

Sin embargo el padre no estaba en condición de advertir tan finas sutilezas.

—¡Ay! —gritó al entrar, con voz entre furibunda y alborozado. Gregorio retiró su cabeza de la puerta y la levantó para mirar a su padre.

Realmente éste no era el padre que él se había imaginado. Claro que últimamente había estado demasiado absorbido en su nueva distracción de trepar por el techo para poderse tomar el interés de antes en lo que pasara en algún lugar del suelo y, en verdad, debía prepararse para percibir algunos cambios. Y no obstante, ¿era ese señor verdaderamente su progenitor? ¿Era éste el mismo hombre que en otros tiempos, cuando Gregorio emprendía un viaje de negocios, solía quedar, fatigado, en la cama? ¿Era ese el mismo hombre que al volver a casa le recibía en bata, arrellanado en su butaca, y que al no poder levantarse levantaba los brazos a modo de saludo? ¿Ese mismo hombre que, en las raras ocasiones en que salía con su familia, uno o dos domingos al año o en las grandes festividades, paseaba entre Gregorio y la madre; el hombre de paso ya lento pero que en aquellas oportunidades acortábase aún más; que iba enfundado en su viejo gabán, afirmándose con cuidado en su bastón, y que acostumbraba detenerse cada vez que deseaba decir algo, obligándonos a todos los que le acompañábamos a rodearlo?

Mas ahora se mostraba gallardo, vestido de riguroso uniforme azul con botones dorados, semejante a los que usan los ordenanzas de los bancos. Sobre el cuello de su levita, rígido alto, caía la papada; bajo las espesas cejas, sus ojos negros, despedían una mirada clara y fresca, y el cabello blanco, antes despeinado siempre, ahora brillaba con su raya en medio, cuidadosamente trazada.

Tiró la gorra que mostraba unas iniciales doradas —seguramente el distintivo de algún Banco— y la gorra, dibujando un círculo, cruzó la habitación y le fue a caer sobre el sofá; y con los faldones de la levita hacia atrás y las manos en los bolsillos del pantalón, avanzó hacia Gregorio con gesto torvo. Lo más probable es que ni él mismo sabía qué era lo que iba a hacer; pero alzó los pies a una altura increíble, y Gregorio se sorprendió de las inmesas medidas de las suelas de sus zapatos. Pero Gregorio no podía arriesgarse a hacerle frente porque estaba seguro, desde el comienzo de su nueva vida, que al padre se le hacía poca la mayor severidad para tratar a su hijo. Corrió entonces vertiginosamente por delante del autor de sus días, parándose cuando éste lo hacía y saliendo de estampida en cuanto lo veía moverse. De este modo dieron varias veces vuelta a la habitación, sin que ocurriera nada decisivo; y es más, se producían tales pausas que no daba la impresión de tratarse de una persecución. Por esto, no quiso Gregorio separarse del suelo porque temía que el padre tomara su excursión por las paredes o por el techo como una maldad singular. De todos modos él no podía mantener esas carreras durante mucho tiempo, porque mientras su padre daba un paso, él tenía que hacer toda una serie de movimientos. Comenzaba a respirar con dificultad, cosa no de extrañar, pues en su condición anterior tampoco podía alcanzar mucho de sus pulmones.

Se bamboleó, tratando de concentrar todas sus energías en la huida, manteniendo con gran esfuerzo los ojos abiertos; en su apuro, no se le ocurría otra forma de salvarse que no fuera la de correr y correr, y ya casi había olvidado que tenía las paredes libres, aunque en este cuarto se veían llenas de muebles con muchos tallados que presentaban serio peligro por sus ángulos y sus picos.

De pronto, algo que voló con ligereza cayó tras él y siguió rodando hacia adelante: era una manzana, a la que de inmediato siguió otra. Gregorio, se detuvo alarmado; para nada serviría continuar corriendo, pues el padre había decidido bombardearle. Se había llenado los bolsillos con todo lo que había en el frutero puesto sobre el aparador, y le tiraba una manzana tras otra, aunque, todavía, sin conseguir acertarle.

Las apetitosas y sonrosadas manzanitas daban por el suelo, como inmantadas, haciendo carambola entre sí. Una de las manzanas, arrojada con mejor puntería, pero sin mucha fuerza, paso a rozar la espalda de Gregorio, mas resbaló sobre ella sin hacerle daño. Pero, la que siguió de inmediato hizo un blanco perfecto, y, a pesar de que Gregorio quiso escapar, como si al cambiar de lugar el terrible dolor pudiera aplacársele, no pudo, pues se sentía clavado en el lugar, y ahí quedó, desbaratado, sin conciencia de nada.

Su última mirada consciente vio abrirse la puerta de su habitación, y a su madre corriendo en camisa —pues Grete la había desvestido para hacerla volver de su desmayo— delante de la hermana y gritando; y vio que luego la madre, abalanzándose hacia el padre, dejaba en el camino, una tras otra, esas prendas íntimas de las mujeres, que llevaba sueltas; y que por último, luego de tropezar con éstas, llegaba junto al padre, y se abrazaba con fuerza a él... —aquí la vista de Gregorio comenzaba a fallarle—, y cruzándole con sus manos la nuca le rogaba que perdonara la vida al hijo.

3

La peligrosa herida, que tardó más de un mes en sanar
—como no se aventuraron a removerla, la manzana siguió
incrustada en su cuerpo en recuerdo visible de lo acaecido—,
pareció rememorar, incluso al padre, que Gregorio a pesar
de su aspecto actual, desgraciado y repulsivo, continuaba siendo miembro de la familia al que no correspondía tratar como a un enemigo, sino que por el contrario, era primordial
deber de familia dejar a un lado la repulsión y tener paciencia. No cabía más que resignarse.

En cuanto a Gregorio, a causa de la herida había perdido,
quizá definitivamente, la facilidad de movimiento, y no obstante que ahora necesitaba, como un anciano inválido, muchos y largos minutos para atravesar su cuarto —y ni so-
ñar en subirse por las paredes— se vio suficientemente com-
pensado en el empeoramiento de su condición, por el hecho de
que al anochecer se abría la puerta de la sala de estar —la
que acostumbraba a mirar de hito en hito desde una o dos
horas antes—, de modo que, tumbado en su habitación, en
la oscuridad, invisible para la familia, podía ver a todos
a la luz de la lámpara, alrededor de la mesa, y oía su charla
que evidentemente ya era de un tono diferente a cuanto
escuchaba detrás de la puerta. Es verdad que no eran ni
remotamente parecidas a las de otros tiempos; aquellas tan
alegres y animadas que tanto echaba de ver Gregorio en las
pequeñas habitaciones de las hospederías donde se alojaba,
y que añoraba siempre al meterse, agotado, entre las hú-
medas sábanas de la cama extraña. Ahora por lo general,

las veladas eran muy calladas. Acabando de cenar, se que daba dormido el padre en la butaca, en tanto que la madre y la hermana se aconsejaban una a la otra en silencio. Su madre, encorvada cerca de la luz, cosía ropa blanca de calidad para una tienda, y la hermana, que había entrado de dependienta, aprovechaba para estudiar en la noche taquigrafía y francés, con vistas a conseguir un puesto mejor que el que tenía. De vez en cuando, se despertaba el padre y, como si no se diera cuenta de que había estado durmiendo le comentaba a la madre: "¡Hoy estás cosiendo mucho!", y de nuevo caía dormido, mientras las dos mujeres intercambiaban una fatigada sonrisa.

Con una terquedad de mula, el padre se empecinaba en no quitarse el uniforme de ordenanza, ni siquiera en su casa. Y en tanto que su bata, ya inservible, colgaba de la percha, dormitaba allí sentado, vestido con el uniforme completo, como si estuviera siempre listo a prestar servicio, o esperara escuchar hasta en su casa la voz de uno de sus jefes. Con lo que el uniforme, que lo recibió siendo ya usado, comenzó a verse sucio, no obstante los amorosos cuidados de la madre y de la hermana para mantenerlo limpio. Y Gregorio, muy seguido, se pasaba horas enteras contemplando ese traje lustroso, lleno de lamparones, mas con los botones dorados siempre brillantes, con el cual el viejo se dormía, aunque con incomodidad, muy pacíficamente.

Tan pronto como el reloj daba las diez, la madre trataba de despertar al padre, persuadiéndole con cariñosas palabras para que se marchase a la cama, porque dormir allí sentado no era dormir como es debido, y a él le hacía falta un buen descanso ya que a las seis debía acudir a su obligación. Pero el padre, con lo obstinado que se había vuelto desde que trabajaba de ordenanza de Banco, insistía en quedarse más rato a la mesa, aunque por lo regular caía de nuevo dormido, y sólo después de muchas mortificaciones se decidía a cambiar la butaca por la cama. Y no obstante todos los esfuerzos de la madre y la hermana, él continuaba allí con los ojos cerrados, cabeceando cada cuarto de hora, pero no se ponía de pie. La madre le movía la manga, susurrándole cariños al oído, y la hermana dejaba su tarea para ayudarla. Mas todo era inútil, ya que el padre se arrellanaba más hondo en su butaca, y no abría los ojos hasta que las dos mujeres le tomaban por debajo de los brazos. Entonces sus miradas iban de una a otra, habitualmente con la observación:

—¡Qué vida ésta! ¡Vaya paz y tranquilidad las de mis últimos años! —Y apoyándose en las dos mujeres se levantaba penosamente, y como si para él mismo fuera esto una carga pesada, consentía que de tal guisa le acompañaran hasta la puerta; allí, con la mano les hacía ademán de que se fueran, y continuaba solo su camino, en tanto que la madre dejaba su labor de costura y la hermana sus plumas, para correr tras él, y poder ayudarle.

¿Qué miembro de esa familia sobrecargada de trabajo, reventada de cansancio, hubiese podido preocuparse de Gregorio más allá del tiempo absolutamente necesario? Los gastos de la casa fueron reducidos más y más. Se despidió a la criada; ahora una asistenta, mujer gigante, huesuda, de cabellos blancos que le circundaban la cabeza, venía una horas por la mañana y otras por la tarde, a hacer las tareas más pesadas; todos los demás quehaceres quedaban a cargo de la madre, a los que se añadían las grandes pilas de costura. Fue necesario además, deshacerse de varias joyas con las que la madre y la hermana se engalanaban, orgullosas, en sus fiestas y reuniones. Esto lo averiguó Gregorio una noche, al oírlas comentar el precio a que las vendieron. Pero de lo que más se lamentaban era de que no pudieran dejar el piso —que ya en las actuales circunstancias resultaba demasiado grande— porque no veían la forma de trasladar a Gregorio. Pero Gregorio sabía muy bien que esa no era la verdadera razón que les impidiera mudarse, puesto que para trasladarle a él bastaría sencillamente un cajón con dos orificios que le permitieran respirar. No, lo que les detenía para cambiarse de piso era su propia desesperación, porque el cambio hacía realidad la creencia en que estaban de verse señalados por una desgracia tal como jamás les sucedió a ninguno de sus parientes y amigos.

Y sufrieron lo indecible, soportando lo que el mundo exige de la gente pobre: el padre iba a traer el desayuno para los empleadillos del Banco; la madre, tenía que rendir sus energías confeccionando ropa interior para extraños; la hermana, que correr de un lado a otro tras el mostrador, atendiendo órdenes de los clientes. Pero por más que se esfor-

zaban no daban más de sí. Y la herida en la espalda de
Gregorio comenzaba a dolerle mucho cuando la madre y
la hermana, luego de acostar al padre, regresaban de nuevo
y dejaban el trabajo para sentarse muy juntas una de la
otra, casi mejilla con mejilla. La madre apuntaba hacia la
habitación de Gregorio y decía:

—Grete, cierra esa puerta ahora. —Y Gregorio quedaba
nuevamente inmerso en la oscuridad, en tanto que, en el
cuarto vecino, las dos mujeres confundían sus lágrimas, o,
con los ojos secos, miraban fijamente a la mesa.

Las noches y los días de Gregorio transcurrían sin casi
conciliar el sueño. En ocasiones, le obsesionaba la idea de
que a no tardar llegaría el día en que se abriría la puerta
de la habitación, y que como en otros tiempos se haría
cargo de nuevo de los asuntos de la familia. Recordó, después de este largo periodo, a su jefe y al principal, a los
agentes viajeros y a los aprendices; al ordenanza, que era
tan estúpido; a dos o tres amigos que tenía en otros comer-
cios; a la camarera de una hospedería de provincia, y un
recuerdo romántico y pasajero: el de la cajera de una som-
brerería, a quien había pretendido en serio, pero sin forzar
el paso.

Estas personas desfilaban en su mente confundidas con
otras desconocidas o con gentes a las que tenía completamente olvidadas; pero en lugar de ayudarle a él y a los suyos, todas y cada una de ellas se tornaban inasequibles, y
se sentía contento cuando su recuerdo se desvanecía. Otras
veces no tenía talante para preocuparse por su familia, y
sólo sentía rabia por la negligencia con que le atendían. No
pensaba en ningún manjar que se le antojara, pero hacía
planes para entrar en la despensa y sacar, aunque no tuviera hambre, los alimentos, que después de todo eran suyos. La hermana ya no se afanaba en traerle lo que en
especial podía gustarle comer; antes de irse al trabajo, en
la mañana y en la tarde, empujaba con el pie cualquier vian-
da hacia el interior del cuarto, y después, cuando regresaba
de la tienda, sin preocuparse por el hecho de que Gregorio
apenas probara bocado —que así solía suceder— o que ni siquiera tocara la comida, sacaba lo que quedaba de un escoba-
zo. El acomodo del cuarto, que ahora ella siempre hacía por la
noche, no podía ser más rápido. A lo largo de las paredes

abundaba la mugre; y aquí y allá se veían montoncitos de basura.

En un comienzo, cuando entraba la hermana, Gregorio acostumbraba colocarse en una esquina particularmente sucia, lo que no dejaba de ser un a modo de reproche a ella. Pero, podría estar allí semanas enteras y ni aun así lograba que la hermana se esmerara un poco más; ella veía la porquería tan bien como él, pero al parecer no pensaba sacarla. Con una susceptibilidad totalmente nueva en ella, y que de algún modo había contagiado a toda la familia, se reservaba celosamente la tarea de limpiar ese cuarto. En una ocasión la madre se resolvió a hacer limpieza general en el cuarto de Gregorio, lo que sólo pudo efectuar llevando varios cubos de agua —toda esta humedad le afectó mucho a Gregorio, que mientras tanto yacía quieto y apesadumbrado debajo del sofá— pero el castigo no tardó mucho. En cuanto la hermana regresó por la tarde y apercibió el nuevo aspecto que ofrecía la habitación, se ofendió, corrió encolerizada a la sala de estar, y pese a las súplicas de la madre, estalló en llanto tal que sobresaltó a los padres —naturalmente el padre brincó del sillón— que al principio la observaban totalmente confundidos. Finalmente los padres entraron en acción; el padre, a la diestra de la madre, le amonestaba por no haber dejado a la hermana que ella sólo limpiara la pieza de Gregorio; la hermana, a la izquierda, aseguraba, gritando, que ya no podría seguir encargándose de aquella tarea. A todo ésto la madre intentaba llevarse a su alcoba al padre que estaba sobreexcitado; la hermana, ahogada por el llanto, golpeaba la mesa con sus puñitos cerrados mientras Gregorio pateaba con furia, pues nadie se preocupó de cerrar su puerta evitándole la amargura de aquella escena y aquel escándalo.

Pero, si la hermana, exhausta por su trabajo diario, se había cansado de cuidar a Gregorio como antes, no había necesidad de que interviniera la madre, ni Gregorio tenía razón para sentirse abandonado, porque había una asistenta. Esta anciana viuda a quien probablemente su fornida y huesuda constitución permitió sobreviviera a lo peor que la vida puede ofrecer, no sentía por Gregorio ninguna repulsión. Un día, y no propiamente por curiosidad, se le ocurrió abrir la puerta de la habitación y al ver a Gregorio —quien sorprendido comenzó a correr de un lado a otro, aunque nadie iba a su caza— permaneció simplemente con las manos cruzadas sobre la barriga. Desde entonces, mañana y tarde siempre entreabría un poquito la puerta, por un momento, y echaba una ojeada a Gregorio. En un comienzo, hasta lo llamaba con palabras que tal vez consideraba amistosas, como: "¡Acércate, escarabajo!" "¡Miren al escarabajito!" A tales alocuciones Gregorio no solamente no contestaba, sino que permanecía quieto en su lugar, como si la puerta no hubiera sido abierta. ¡Cuánto más valdría que en lugar de permitir a esta sirvienta que le molestara con sus insensateces cada vez que le venía en gana, le ordenaran que limpiara el cuarto diariamente!

Una mañana a primera hora —la lluvia, que quizá anunciaba el llegar de la primavera, azotaba con fuerza los cristales de las ventanas— la asistenta empezó nuevamente a importunarle, y Gregorio se exasperó a tal grado que, aunque bastante lenta y débilmente, corrió hacia ella como si fuera a atacarla. Pero en lugar de asustarse, ella se limitó a levantar en alto una silla que encontró junto a la puerta, y en esa actitud quedó, con la boca abierta, dispuesta claramente a no cerrarla hasta no descargar sobre el espinazo de Gregorio la silla que enarbolaba.

—¿Así es que lo pensaste mejor? —dijo al ver que Gregorio empezaba a retroceder. Y con calma volvió a poner la silla en el rincón.

Ahora era raro que Gregorio comiera. Al pasar cerca de los alimentos que le ponían, se metía algo en la boca a modo de distracción; allí lo mantenía durante algún tiempo, y por lo general terminaba escupiéndolo. Primero creyó que su falta de apetito se debía a la melancolía causada por el estado en que aparecía su habitación; sin embargo no tardó en acostumbrarse al nuevo aspecto que ofrecían los cambios. La familia se habituó a dejar allí todo lo que estorbaba en otro lado; que ahora era mucho, porque uno de los cuartos de la casa había sido alquilado a tres huéspedes. Estos tres señores, muy serios —los tres con barba, según observó Gregorio una vez a través de la rendija de la puerta—, tenían una gran pasión por el orden, que gustaban reinara no sólo dentro de su propia habitación, sino en toda la casa —puesto que ahora formaban parte de ella— y en todo lo que concernía al hogar y en forma muy especial en la cocina. Ellos no soportaban trastos inservibles y no digamos cosas sucias. Además trajeron consigo casi todo el mobiliario que necesitaban. Por esta razón sobraban muchas cosas que resultaban difíciles de vender, pero que por otra parte no se podían tirar. Y todas éstas iban a recalar al cuarto de Gregorio, lo mismo que el cajón de cenizas y el bote de la basura. Cualquier cosa que por el momento no se necesitara era lanzada, sin pérdida de tiempo, por la asistenta, al cuarto de Gregorio. Afortunadamente, Gregorio no solía ver más que el objeto que llegaba y la mano que lo arrojaba. Probablemente la asistenta pensara en regresar por esas cosas cuando se le ofreciera la oportunidad o tuviera tiempo; o viniera a sacarlas de una vez. Lo cierto es que estaban allí tal como las arrojaran desde el comienzo, excepto cuando Gregorio se revolvía contra el trasto y lo empujaba, obligado al principio por la necesidad, porque ya no tenía bastante cuarto para arrastrarse, y más tarde con creciente placer, a pesar de que luego de esos trotes quedaba terriblemente triste y extenuado, sin ánimo de moverse en varias horas.

Los huéspedes, a veces, cenaban en casa, en la sala de estar, común para todos, y muchas noches la puerta que daba a esa habitación quedaba cerrada; pero, a Gregorio, resignado, no le importaba ya, e ncluso en ocasiones en que la puerta permanecía abierta no aprovechaba la oportunidad sino que se retiraba a la esquina más oscura de su cuarto, totalmente inadvertido de la familia. Pero sucedió que un día la sirvienta dejó entreabierta la puerta que daba a la sala de estar, y en tal guisa estaba cuando los huéspedes llegaron en la noche y prendieron la luz. Se sentaron a la mesa en los lugares que en otros tiempos ocuparan para comer sus alimentos, Gregorio, el padre y la madre; desdoblaron las servilletas y se dispusieron a cenar, cuchillo y tenedor en mano. En seguida, por la otra puerta, apareció la madre con una fuente de carne, y detrás la hermana que traía a su vez una fuente repleta de patatas. De la comida se desprendía una nube de humo. Los huéspedes se inclinaron sobre las fuentes que les habían puesto por delante, como si quisieran escudriñarlas antes de comer; y, efectivamente, el que estaba sentado en el medio, y parecía gozar de autoridad sobre los otros dos, cortó un pedazo de carne en la fuente misma, obviamente para comprobar si estaba bastante tierna, o si se hacía necesario devolverla a la cocina. Mostróse satisfecho, y la madre y la hermana, que le observaba con ansiedad, respiraron libremente y comenzaron a sonreír.

Mientras tanto la familia cenaba en la cocina. No obstante lo cual, el padre entraba en la sala de estar antes de ir a la cocina, y con gran reverencia, gorra en mano, daba la vuelta a la mesa. Los huéspedes se alzaban de sus asientos y murmuraban algo para sus barbas. Luego, cuando quedaban solos, comían calladamente.

A Gregorio le parecía notable que entre los diversos ruidos que provenían de la mesa distinguiera siempre el sonido del masticar de dientes; era como si quisieran demostrar a Gregorio que para comer uno necesita dientes, y que aun la más bella mandíbula, si está huérfana de dientes, de nada le sirve a uno.

—Tengo bastante apetito —se dijo Gregorio, cariacontecido—. Pero no de esas cosas. ¡Qué manera de comer estos señores! ¡Mientras, yo, muriéndome de hambre!

Aquella misma noche oyó el sonido del violín. —Gregorio no se acordaba de haberlo escuchado en todo aquel tiempo— que tocaban en la cocina. Ya habían terminado los huéspedes su cena. El que se encontraba en medio había traído un periódico y le daba una hoja a cada uno de los otros dos, y ahora los tres, cómodamente recostados hacia atrás, leían y fumaban. Cuando el violín comenzó a tocar, prestaron atención, se pusieron en pie, y en puntillas llegaron hasta la puerta del recibidor, quedándose allí muy quietos y juntos uno contra otro. Sus movimientos se debieron escuchar en la cocina, ya que el padre inquirió:

—¿Les molesta que toquen el violín, caballeros? —Y agregó—: Si es así, puede suspenderse al punto.

—Todo lo contrario —repuso el señor "que se sentaba en medio"—. ¿No quisiera venir la señorita y tocar en este cuarto, a nuestro lado, donde sería mucho más propio y confortable?

—¡Con mucho gusto, no hay inconveniente!; —contestó el padre, como si él fuera el violinista.

Los huéspedes regresaron al interior del recibidor, y aguardaron. Inmediatamente llegó el padre con el atril, en seguida la madre con las partituras, y por último la hermana con el violín. La hermana dispuso todo en orden, con calma, para comenzar a ejecutar. En tanto que los padres, que jamás habían tenido habitaciones alquiladas, y que por ello extremaban la cortesía debida a los huéspedes, no se aventuraban a sentarse en sus propias butacas. El padre se apoyó contra la puerta, la mano derecha metida entre dos botones de su librea abrochada; mientras, uno de los huéspedes le ofreció a la madre una butaca, y ella se sentó a un lado en un rincón, ya que no se atrevió a cambiar el asiento del lugar en que aquel señor se lo ofreciera y al hacerlo lo dejara casualmente.

Empezó a tocar la hermana, y el padre y la madre, desde su lugar, miraban de hito en hito los movimientos de sus manos. Gregorio, subyugado por la música, se animó a avanzar un poco, hasta llegar a tener la cabeza realmente dentro del recibidor. Casi no se sorprendía del poco miramiento que últimamente tenía para con los demás, a pesar de que antes, esa condición suya era algo de lo que más se preciaba. Pero precisamente en esta ocasión tenía sobradas razones para esconderse, ya que la gran cantidad de polvo, que en gruesas capas reposaba en la habitación, se levantaba en oleadas al más ligero movimiento. Él mismo estaba cubierto de polvo y llevaba consigo, por la espalda y los costados, pelusas, cabellos y trozos de comida. Su indiferencia para todo era demasiado grande para que se echara sobre su espalda y se limpiara restregándose contra la alfombra, como en un tiempo lo hacía varias veces al día. Y ahora, no obstante el estado en que se encontraba, no tenía la más mínima vergüenza de seguir avanzando un poco por la superficie brillante del recibidor.

Es cierto que nadie se preocupaba de él. La familia estaba enteramente absorta por el violín; sin embargo, los huéspedes, que al principio estaban juntos, manos en los bolsillos, demasiado cerca del atril —tanto como para poder ir leyendo las notas, lo que debió molestar a la hermana—, pronto se acercaron a la ventana cuchicheando con las cabezas inclinadas, y allí permanecieron mientras el padre volvía ansiosamente los ojos hacia ellos. Era obvio que estaban desilusionados; ellos esperaban gozar de un buen concierto de violín, pero con lo que habían escuchado ya tenían bastante, y sólo por educación se resignaban a ser molestados y a que se les interrumpiera su sagrada paz. Del modo en que echaban humo por la boca o la nariz, se adivinaba su irritación.

Y, sin embargo, ¡qué belleza de ejecución, la de la hermana! Con el rostro ladeado, sus ojos seguían con atención y tristeza, las notas del pentagrama. Gregorio se arrastró un poco más hacia adelante, y bajó más su cabeza hacia el suelo, tratando de encontrar con su mirada la de la hermana.

¿Acaso sería él una fiera, cuando la música le había impresionado tanto?

Sintió como si ante él se abriera un camino hacia el anhelado y desconocido sustento. Se determinó a seguir avanzando, llegar hasta su hermana, tironearle la falda, y hacerle entender de esa forma que viniera a su cuarto con el violín, porque nadie apreciaba aquí su música como él lo haría. En lo sucesivo, ya no la dejaría salir de aquel cuarto, al menos mientras él viviese. Por primera vez, su terrible forma le sería de alguna utilidad. Vigilaría todas las puertas de su cuarto, a un mismo tiempo, listo para saltar encima de los intrusos. Mas era necesario que la hermana estuviera junto a él, no por imposición, sino por propia voluntad; ella debía sentarse a su lado en el sofá, y acercar su oído a él de modo que él pudiera confiarle que siempre tuvo la firme intención de enviarla al Conservatorio, y que si no hubiera llegado su desgracia, en estas Navidades pasadas —porque ya habían pasado, ¿no?—, así se lo habría dicho a todos, y no hubiera permitido ni una simple objeción. Y, al escuchar todo eso, su hermana se conmovería, echándose a llorar, y Gregorio se alzaría hasta sus hombros y la besaría en el cuello, que desde que iba a su trabajo no adornaban con cinta ni collar.

—¡Señor Samsa! —gritó el huésped que parecía tener más autoridad. Y, sin más palabras, señaló al padre —estirando el índice en aquella dirección— a Gregorio, que avanzaba lentamente. El violín enmudeció, y el señor de más autoridad sonrió a sus amigos, moviendo la cabeza, y luego volvió a mirar a Gregorio.

En vez de sacar de allí a Gregorio, le pareció al padre que lo más conveniente era tranquilizar a sus huéspedes, aunque estos no daban señales de estar inquietos; por lo contrario, daba la impresión que se divertían más con la aparición de Gregorio que con el violín. Se echó sobre ellos, y extendiendo los brazos intentó apresurarlos a regresar a su cuarto, al mismo tiempo que trataba con su gesto de evitar que vieran a Gregorio. Los señores comenzaban ahora a dar muestras de sentirse realmente un poco molestos, aunque no se sabía si su enojo lo provocaba la conducta del padre o es que en aquel instante venían a darse cuenta de que habían tenido por vecino de habitación a un tipo como Gregorio.

Pidieron explicaciones al padre, agitando los brazos; se tironearon la barba con desasosiego, y sólo con renuencia volvieron hacia su habitación.

Entre tanto, la hermana, que ya se había repuesto del aturdimiento que sufriera al verse interrumpida de aquel modo, se quedó unos minutos con los brazos caídos, sosteniendo indolentemente el arco y el violín, y con la mirada aún fija en la partitura. Pero de repente lanzó el instrumento a los brazos de su madre, que continuaba sentada en su butaca respirando con dificultad a causa del asma, y corriendo metiose en el cuarto de los huéspedes, quienes estaban siendo pastoreados hacia allá por el padre, con más rapidez que antes, si cabe. Y zarandeadas por las ágiles manos de la hermana se vieron volar por el aire mantas y almohadas, y todo quedó en orden, las camas preparadas. Y antes de que entraran los señores a su dormitorio, Grete había desaparecido.

El padre se sentía tan dominado por su terquedad que olvidaba todo el respeto obligado hacia los huéspedes, y se guía empujándolos y empujándolos, hasta que ya, en el umbral, el huésped que siempre llevaba la voz cantante entre sus compañeros, dio una patada en el suelo marcándole así el alto.

—Comunico a ustedes —dijo levantando una mano y también dirigiendo su mirada a la madre y a la hermana —que dadas las repugnantes circunstancias que prevalecen en esta casa y familia —llegando a este punto escupió con energía en el suelo— en el acto me despido. Naturalmente que no pagaré ni un centavo por los días que aquí he vivido; por lo contrario, consideraré la conveniencia de entablar una acción contra ustedes exigiendo una indemnización, demanda que, creánme, sería fácil de justificar.

Al terminar quedó con la vista fija al frente, como esperando algo. Y en efecto, también sus dos amigos corroboraron de inmediato sus palabras, agregando además:

—Nosotros nos marcharemos igualmente al momento.

Después de lo cual, el que parecía tener autoridad sobre los dos tomó el picaporte y cerró la puerta de golpe. El padre, a tientas, tambaleándose, se encaminó hacia su butaca, y dejose caer en ella. Parecía como si fuera a echar su acostumbrado sueñecillo vespertino, pero la exagerada inclinación de su cabeza, caída como sin consistencia, indicaba que estaba lejor de dormir.

En todo este tiempo, Gregorio había estado silencioso, sin moverse del lugar donde lo sorprendieran los huéspedes. La desilusión provocada por el fracaso de su plan, y también quizá la debilidad derivada de su mucha hambre, le impedían efectuar el menor movimiento. Temía, con sobrada razón, que muy pronto la tensión general descargaría sobre él, y esperaba. Incluso no reaccionó al estrépito que hizo el violín cuando resbaló de los temblorosos dedos de la madre, dejando oír el gemido de una nota resonante.

—Queridos padres —dijo la hermana dando un manotazo sobre la mesa, a modo de introducción—. Las cosas no pueden seguir así. Quizá ustedes no lo entiendan, pero yo sí. En presencia de este monstruo no quiero ni proferir el nombre de mi hermano; de manera que sólo diré que debemos tratar de deshacernos de él. Hicimos todo lo humanamente posible por cuidarle y soportarle, y estoy segura que nadie se atrevería a hacernos el más mínimo reproche. "Ella tiene toda la razón" —dijo el padre para sí—. La madre, que se hallaba aún sofocada porque le faltaba el aire, empezó a toser sordamente, tapándose la boca con la mano, y con los ojos desorbitados como una loca.

La hermana se precipitó hacia ella y la sostuvo la frente. Al padre, las palabras de la hermana le estaban induciendo a concretar algo más sus ideas. Se había levantado de la butaca y agarrado su gorra de ordenanza, que estaba entre los platos que aún quedaban en la mesa. de la comida de los huéspedes, y de vez en cuando echaba una mirada a la inmóvil figura de Gregorio.

—Debemos tratar de deshacernos de él —insistió ahora, categóricamente, la hermana; al padre, pues la madre, con tanta tos, no podía oír nada—. Esto terminará por matarles a ustedes dos. Lo veo venir. Cuando uno tiene que trabajar tanto como nosotros, todos, trabajamos, no se puede sufrir, además, en casa, este continuo tormento. Yo, al menos no puedo aguantar más. —Y rompió a llorar con tal desesperación y sollozos que sus lágrimas cayeron sobre el rostro de la madre, quien se las limpió maquinalmente con la mano.

—Querida niña —dijo entonces el padre compasivo y con evidente comprensión—. ¿Pero qué podemos hacer? —La hermana se limitó a encogerse de hombros como para exteriorizar el sentimiento de impotencia que se había adueñado de ella mientras lloraba, y que contrastaban con la seguridad de que antes hiciera gala.

—Si él pudiera comprendernos —dijo el padre en tono un tanto equívoco.

Mas la hermana, sin dejar de sollozar, hizo un ademán vehemente con la mano, dando a entender que eso estaba totalmente descartado.

—Si pudiera comprendernos... —repitió el padre, cerrando los ojos como para reflexionar sobre la convicción de Grete en cuanto a lo imposible de tal suposición—, entonces quizá podríamos llegar a un acuerdo con él. Pero dadas las circunstancias...

—¡Debe irse! —exclamó la hermana—. Es la única solución. Quítese usted la idea de que se trata de Gregorio. El que lo hayamos creído todo este tiempo ha dado origen a todos nuestros sinsabores. ¿Es que esto puede ser mi hermano? Si esto fuera Gregorio ya hace mucho que hubiera entendido que los seres humanos no pueden vivir con semejantes animales. Y él mismo habría resuelto marcharse. Entonces habríamos perdido a Gregorio, pero nosotros seguiríamos viviendo y enalteciendo su memoria. En tanto que así, este animal nos persigue, ahuyenta a los huéspedes, y es obvio que quiere adueñarse de toda la casa y arrojarnos al arroyo. ¡Mira papá —gritó de repente— ya comienza de nuevo! Y, en un acceso de pánico que a Gregorio le pareció injustificado, la hermana apartó de sí con violencia el sillón y hasta dejó a la madre, como si optara por sacrificarla antes de estar cerca de su hermano, y corrió a esconderse detrás del padre, quien desconcertado, al verla tan sobresaltada, se puso en pie e hizo ademán de extender los brazos para protegerla.

Sin embargo, Gregorio no tenía la menor intención de asustar a nadie, y mucho menos a su hermana. Lo que hacía no era sino tratar de dar vuelta para regresar, arrastrándose, a su habitación; operación sin duda sobrecogedora, porque dada su impotente condición no podía ejecutar el difícil movimiento de darse vuelta a no ser que levantara la cabeza y luego la apuntalara en el suelo repetidamente. Se paró, mirando a su alrededor. Parece que habían comprendido su buena intención: la alarma fue sólo momentánea. Ahora todos le observaban en melancólico silencio. La madre yacía en su butaca, con las piernas estiradas y muy juntas, y los ojos casi cerrados por repentina fatiga. El padre y la hermana se habían sentado uno al lado del otro, y la hermana rodeaba con su brazo el cuello del viejo.

—Ahora quizá pueda seguir dándome la vuelta —pensó Gregorio, iniciando de nuevo su tarea. No lograba contener sus resoplidos, y de vez en cuando se detenía para recobrar aliento. Pero nadie le apremiaba; se le había dejado en completa libertad. Cuando terminó de dar la vuelta, comenzó inmediatamente la marcha atrás en línea recta. Le asombro la distancia que le separaba de su habitación, y no podía entender cómo en su actual estado de debilidad había logrado, un rato antes, hacer ese mismo viaje casi sin darse cuenta. Preocupado en avanzar lo más rápido posible, apenas si se percató de que ningún miembro de la familia le azuzaba con palabras o gritos. Sólo al llegar al umbral de la puerta volvió su cabeza; y no completamente, porque los músculos del cuello los sentía un poco rígidos, pero sí lo suficiente para ver que a sus espaldas nada había cambiado, a no ser que su hermana se había puesto en pie. Y su última mirada la dirigió a su madre, que ahora estaba dormida.

En cuanto entró a su habitación cerraron apresuradamente la puerta, pusieron el pestillo y echaron la llave. El estrepitoso ruido que con este motivo oyó a sus espaldas, le asustó en tal forma que se le doblaron las patas. La hermana era la que tenía tanto apuro. De pie, estaba lista en espera de la ocasión de poder precipitarse a encerrarlo. Gregorio ni la oyó acercarse.

—¡Por fin! —exclamó ella mirando a sus padres, al tiempo que le cerraba con llave.

—¿Y ahora? —se dijo Gregorio mirando a su alrededor, en la oscuridad. Rápidamente se convenció de que estaba totalmente imposibilitado de moverse. Cosa que no le sorprendió; más bien hubiera encontrado realmente extraño que le fuera posible hacerlo con sus débiles patitas. Por otra parte se sentía relativamente a gusto. En verdad que tenía dolorido todo el cuerpo; pero le pareció que estas dolencias iban en gradual disminución y creía que, finalmente, acabarían por desaparecer. La manzana podrida, incrustada en su espalda, y la inflamación, que se veía blanquecina por el polvo, le molestaban poco. Pensaba en su familia, con ternura y amor. En él era más fuerte, si cabe, que en su hermana, el convencimiento de que debía desaparecer.

Y en ese estado de ociosa y dulce meditación siguió hasta que en el reloj de la torre de la iglesia dieron las tres de la madrugada. En la ventana volvió a ver la luz del alba que clareaba al mundo exterior. Después, contra su voluntad, su cabeza se hundió totalmente, y su hocico despidió un débil y último aliento.

En la mañana temprano, cuando entró la asistenta —que con su fuerza e impaciencia daba tales golpes en las puertas que desde que llegaba nadie en la casa podía seguir gozando de descanso, con todo y con que se le rogó que no se comportará así— para hacer su acostumbrada visita a Gregorio, no advirtió nada extraño en el cuarto. Creyó que Gregorio yacía inmóvil a propósito, para demostrar su enojo, pues le encontraba capaz de razonar perfectamente. Ya que llevaba en la mano una escoba de mango largo, se le antojó hacerle cosquillas a Gregorio desde la puerta.

Pero viendo que con esto no reaccionaba, se sintió desafiada, y empezó a aguijonearle un poco más fuerte, y sólo luego de empujarle por el suelo sin hallar oposición alguna, lo miró con detenimiento, no tardando mucho en percatarse de lo ocurrido; abrió desmesuradamente los ojos, y se le escapó un gemido. Pero no perdió mucho tiempo, y abriendo con brusquedad la puerta de la alcoba de Samsa, gritó a todo pulmón, en la oscuridad:

—¡Vengan a ver esto: está muerto! ¡Ahí está, muerto y bien muerto!

El señor y la señora Samsa se incorporaron en su lecho matrimonial, y antes de que se dieran cuenta de lo que la sirvienta les estaba anunciando, tuvieron mucha dificultad para recobrarse del sobresalto. Pero luego se bajaron en seguida de la cama, cada quien por su lado. El señor Samsa se echó una manta sobre los hombros y la señora Samsa llevaba sólo su camisón de dormir; y en estas fachas entraron a la habitación de Gregorio. Entre tanto también se abrió la puerta de la sala de estar, donde dormía Grete desde que llegaron los huéspedes. Grete estaba vestida completamente, como si no se hubiera acostado, cosa que también hacía suponer la intensa palidez de su rostro.

—¿Muerto? —exclamó la señora Samsa, mirando en forma interrogativa a la asistenta, aunque podía comprobarlo por sí misma; y el hecho era bastante obvio para que precisara de averiguación.

—Yo diría que sí —respondió la asistenta, empujando un buen espacio con el escobón el cuerpo inerte de Gregorio, y haciéndolo a un lado como probando lo que decía. La señora Samsa hizo ademán de detenerla, pero se contuvo.

—Bien —dijo el señor Samsa —ahora demos gracias a Dios—. Se santiguó y las tres mujeres hicieron lo mismo. Grete, que no dejaba de mirar el cadáver, señaló:

—Miren lo flaco que estaba. Claro que hacía tiempo que ni comía nada. Ni tocaba los alimentos. —Indudablemente que el cuerpo de Gregorio estaba todo plano y seco. Sólo en este momento se daban cuenta del por qué ya no lo sostenían sus patitas, y nadie apartaba de él la vista.

—Grete, ven un momentito con nosotros —dijo la señora Samsa sonriendo tristemente. —Y Grete, no sin mirar hacia atrás al cadáver, siguió a sus padres al dormitorio. La asistenta cerró la puerta y abrió la ventana de par en par. Es cierto que aún era muy de mañana, pero se percibía cierta tibieza en el aire fresco. Después de todo ya era fines de marzo.

Los tres huéspedes salieron de su alcoba y se sorprendieron al no ver su desayuno. Nadie se había acordado de ellos.

—¿Dónde está nuestro desayuno? —preguntó impaciente a la asistenta el señor que parecía tener más autoridad de los tres.

La mujer se puso el dedo sobre los labios, y sin hablar palabra, sólo por señas, les acució para que entraran a la habitación de Gregorio, ahora inundada de claridad. Y así lo hicieron, permaneciendo allí, alrededor del cuerpo de Gregorio, con las manos metidas en los bolsillos de sus ya raídas levitas. En esto se abrió la puerta de la alcoba y apareció el señor Samsa, de uniforme, llevando de un brazo a su mujer y del otro a su hija. A todos se les notaba haber llorado algo, y Grete escondía de vez en cuando el rostro en el brazo de su padre.

—Salgan ustedes en seguida de mi casa —dijo el señor Samsa, indicando la puerta, pero sin soltar a las mujeres.

—¿Qué quiere usted darnos a entender con esto? —preguntóle el huésped de más autoridad, un poco desconcertado, y con tímida sonrisa Los otros dos permanecían con sus manos entrelazadas a la espalda, frotándoselas, como si esperaran jubilosos una disputa de la que saldrían ganadores.

—Quiero darles a entender exactamente lo que digo —repuso el señor Samsa, avanzando con sus dos acompañantes de frente hacia el huésped. Éste se quedó un momento silencioso, mirando al suelo, como si su mente fuera ordenando sus pensamientos.

—Si es así, nos marchamos —dijo al fin, dirigiendo la mirada al señor Samsa como si en un repentino acceso de humildad estuviera esperando autorización incluso para esto.

El señor Samsa se limitó a abrir mucho los ojos y afirmar, inclinando una y otra vez su cabeza.

En seguida, el huésped se dirigió a grandes pasos al recibidor; sus dos compañeros, que estuvieron escuchando y que momentos antes habían dejado de restregarse las manos, salieron pisándole los talones y dando saltos, como si temieran que el señor Samsa entrara al vestíbulo antes que ellos, separándoles de su líder. Una vez en el recibidor los tres agarraron del perchero sus respectivos sombreros, tomaron sus bastones del paragüero, hicieron una reverencia, silenciosa, y abandonaron la casa.

Con una desconfianza totalmente infundada, como luego se demostró, el señor Samsa y las dos mujeres salieron al descansillo, y reclinados sobre la barandilla observaron cómo esos tres señores, lenta y continuadamente iban bajando la larga escalera, perdiéndose de vista al llegar a la vuelta que daba ésta, en cada piso, y reapareciendo a los pocos momentos.

Conforme iban bajando, disminuía el interés que hacia ellos tuviera la familia Samsa. Y cuando el muchacho de la carnicería, que llevaba con orgullo su cesto en la cabeza, se cruzó con ellos para continuar subiendo, el señor Samsa y las mujeres dejaron la barandilla, y como sintiéndose aliviados de un verdadero peso, se entraron en su departamento.

Decidieron dedicar ese día para descansar y salir a dar un paseo; no sólo porque merecían mucho tomarse un respiro en el trabajo, sino porque les era absolutamente indispensables. Se sentaron pues a la mesa, y se pusieron a escribir tres cartas de disculpa. El señor Samsa a su principal, la señora Samsa al dueño de la tienda, y Grete a su patrón. Estaban absortos en la escritura, cuando entró la asistenta para comunicar que se iba, puesto que había terminado su trabajo de la mañana. Ellos, al principio se limitaron a mover afirmativamente la cabeza sin prestarle mayor atención, pero al ver que ella no se iba, levantaron la vista con enojo.

—¿Qué ocurre? —inquirió el señor Samsa.

La asistenta, con una sonrisa a flor de labios, permanecía en el umbral como si tuviera alguna buena noticia que dar a la familia, pero dando a entender con su forma de actuar que sólo lo haría luego de las correspondientes y adecuadas preguntas. La plumita de avestruz tan tiesa en su sombrero, y que ya encocoraba al señor Samsa desde el mismo día en que esa mujer entró a su servicio, se bamboleaba alegremente en todas direcciones.

—Bueno, ¿de qué se trata? —preguntó la señora Samsa, que era la persona a quien más respeto demostraba la asistenta.

—¡Oh! —respondió ésta, riéndose con tantas ganas que ni hablar podía—, pues de que ya no tienen ustedes que preocuparse de cómo deshacerse de esa cosa que había ahí en la otra habitación. Ya quedó todo dispuesto.

La señora Samsa y Grete se inclinaron de nuevo sobre sus cartas, preocupadas en lo que estaban haciendo; y el señor Samsa, barruntando las intenciones de la sirvienta, de contarlo todo detalladamente, la detuvo con un gesto enérgico. La asistenta, al ver que no la dejaban contar su historia se acordó de que tenía prisa.

—¡Queden con Dios, todos! —dijo muy ofendida—. Con gran ímpetu dio media vuelta y dejó la casa dando un tremendo portazo.

—Esta noche la despediré —dijo el señor Samsa. Pero, ni su mujer ni su hija le contestaron, ya que la asistenta parecía haber vuelto a perturbar aquella tranquilidad tan recientemente lograda. La madre y la hija se incorporaron y se allegaron a la ventana, junto a la cual se quedaron abrazadas. El señor Samsa giró su butaca para mirarlas, y las estuvo observando por un momento, calmadamente. Luego las llamó:

—Bueno, vengan para acá —dijo—. Ahora, pelillos a la mar, y tengan un poco de consideración también conmigo.

Las dos mujeres se apresuraron a obedecerle, fueron hacia él, le acariciaron, y terminaron de escribir sus cartas.

Después salieron los tres juntos, lo que no hicieron desde hacía meses, y agarraron un tranvía para ir a tomar aire puro a las afueras de la ciudad. El tranvía, del que eran los únicos viajeros, estaba inundado de la cálida luz del sol. Muy a gusto recostados en sus asientos, cambiaron ideas sobre las perspectivas para el futuro, y llegaron a la conclusión de que bien miradas las cosas el porvenir no se presentaba tan mal, ya que sus colocaciones —sobre las que aún no se habían informado detenidamente entre sí— eran estupendas, y probablemente mejorarían en lo sucesivo. Lo que de momento más les convenía era cambiarse de casa, y esto sería una mejoría. Querían un departamento más pequeño y más económico y, también, mejor ubicado y más práctico que el actual, que fue escogido por Gregorio.

Y, mientras así conversaban, el señor y la señora Samsa se dieron cuenta, casi al mismo tiempo, de la creciente vivacidad de su hija, la que a pesar de todos los sinsabores de los últimos tiempos, que hicieron palidecer su semblante, era ahora una linda muchacha lozana, llena de vida. Tranquilizados, y casi sin darse cuenta, intercambiaron miradas de entendimiento, coincidentes en la conclusión de que ya era tiempo de buscarle un buen esposo.

Y cuando, al llegar al final del viaje la hija se puso en pie la primera y estiró su cuerpo juvenil, pareció como si viniera a confirmar, así, los nuevos sueños y excelentes intenciones de sus padres.

RELATOS BREVES

LA GRAN MURALLA
DE CHINA

La Gran Muralla de China ya fue finalizada en su extremo más septentrional. Dos secciones que venían avanzando del sudeste y del sudoeste convergieron allí. Este sistema de construcción por partes se aplicó también, en menor escala, por los dos grandes ejércitos de trabajadores, el de Oriente y el de Occidente. Se hacía de esta manera: se formaban grupos de unos veinte trabajadores, que tenían a su cargo un tramo de muralla de unos quinientos metros, en tanto que otro grupo similar que construía otro trecho de igual longitud, le salía al encuentro. Una vez realizada la unión, no se continuaba la construcción de la muralla a partir de ese punto, digamos, de los mil metros terminados, sino que los dos grupos de obreros eran enviados a otras regiones muy diferentes, donde se comenzaba de nuevo la edificación. Naturalmente que con este procedimiento iban quedando numerosas brechas, que se fueron llenando paulatina y muy lentamente, algunas, incluso; no se cerraron hasta tiempo después de que quedara oficialmente terminada la muralla. Y se dice que todavía existen brechas sin llenar, afirmación que probablemente no sea otra cosa que una de las numerosas leyendas que surgieron a raíz de la construcción de la muralla y que nadie ha podido comprobar con sus propios ojos, dada la extensión de la obra.

En principio se podría pensar que hubiera sido más conveniente, desde cualquier punto de vista, construir la muralla en forma continuada, o por lo menos imprimir continuidad dentro de las dos divisiones principales. Esta muralla, como se proclamó universalmente y es de todos sabido, tenía por miras protegerse contra los pueblos del Norte. Mas, ¿qué protección puede brindar una muralla que no ofrece continuidad? Ninguna. Al contrario, constituye un constante peligro. Los bloques de muralla abandonados en ese estado en regiones desérticas podrían ser derribadas con facilidad, una y otra vez, por los nómadas, en particular porque esas tribus, alarmadas por los trabajos de construcción, iban variando sus campamentos de lugar con increíble rapidez, como langostas, razón por la que seguramente tenían mejor perspectiva de los progresos de la obra que nosotros los constructores. Pero probablemente la tarea de construirla no se podía realizar de otra forma. Para comprender esto hay que tener en cuenta que la muralla debía servir de protección por siglos; por lo cual era imprescindible para conseguir esos propósitos observar el más escrupuloso cuidado en la construcción, emplear las más sabias técnicas arquitectónicas de todas las épocas y de todos los pueblos y contar con el perenne sentido de responsabilidad personal de los constructores. Es cierto que para las tareas de mano de obra podía utilizarse gente del populacho, jornaleros ignorantes, hombres, mujeres, niños, que ofrecían sus servicios por una buena paga; pero para la supervisión del trabajo de cuatro jornaleros se requería un hombre conocedor del oficio, un hombre que fuera consciente de la tarea en que estaba imerso. Y mientras más alta era su función, mayor su responsabilidad. Y realmente sí se encontraban tales hombres, y en gran número, aunque no tantos como hubiera podido absorber la obra. El trabajo no se había emprendido a la ligera. Cincuenta años antes de poner la primera piedra de la obra, en toda el área de China que iba a ser amurallada se proclamó que el arte de la arquitectura, y en especial la albañilería, era la rama más importante de todo conocimiento; y a cualquiera otra arte sólo se la reconocía en función de su relación con ella. Aún recuerdo que nosotros, niños que apenas si nos manteníamos en pie, nos juntábamos en el jardín de nuestro maestro, donde se nos ordenaba levantar con piedrecitas una especie de muro; y que el maestro se levantaba la túnica, arremetiendo contra el muro. Desde luego, lo tiraba, y nos reprochaba tan enérgicamente por la fragilidad de nuestra obra, que corríamos, sollozando, en todas direcciones, en busca de nuestros padres. Una pequeña anécdota, muy típica, que nos revela el espíritu de la época.

Tuve la suerte de que la construcción de la muralla comenzara coincidiendo con mis veinte años y con el haber yo pasado el último examen de mi carrera. Y digo la suerte, pues muchos que antes que yo habían completado sus estudios pasaron año tras año sin la oportunidad de aplicar sus conocimientos, y vagaban sin rumbo fijo, con los más espléndidos planes arquitectónicos en la cabeza, fracasados y sin esperanza. Mas aquellos que lograron puestos de capataces en la obra, aunque tan sólo fuera en la categoría más baja, eran realmente dignos de su tarea. Eran albañiles que habían reflexionado mucho —y no cesaban de reflexionar— sobre la construcción de la muralla; hombres que desde la primera piedra que pusieron se sintieron parte de la muralla. Es lógico que en esa categoría de albañiles no se encontrara sólo la voluntad de trabajar a conciencia, sino el apuro por ver concluida la obra a la perfección. El jornalero ignora esas impaciencias, porque generalmente sólo le importa el salario. Los jefes superiores, y también los de escalón medio, observan lo suficiente los múltiples aspectos del desarrollo de la construcción de la obra como para mantener en alto su moral. Pero con los capataces subalternos, hombres espiritualmente superiores a sus tareas de apariencia muy trivial, había que tomar otras medidas. No se les podía tener, digamos, durante meses o tal vez años juntando piedra sobre piedra en una zona montañosa, desértica, a centenares de kilómetros de su casa; además la falta de perspectivas personales que encaraba un trabajo de esa naturaleza, que rebasaba los términos normales de la vida humana, les hubiera sacado de quicio e incapacitado para rendir como era debido. Por este motivo se eligió el sistema de construcción parcial. Quinientos metros solían hacerse durante más o menos cinco años, al cabo de los cuales los capataces estaban, por lo general, extenuados y habían perdido la confianza en sí mismos, en la muralla y en el mundo. Era en el momento de plena exaltación de las fiestas que celebraban la unión de los mil metros de muralla ejecutados, cuando se les mandaba lejos, muy lejos. En su viaje descubrían por aquí, y por allá, trozos de muralla terminados; pasaban por los campamentos de las altas jefaturas donde les otorgaban premios honoríficos; oían el regocijo de los nuevos ejércitos de trabajadores que llegaban de lo más alejado del país; divisaban bosques talados para afirmar la muralla; veían las montañas convertidas en canteras y escuchaban en los santuarios los brillantes nimnos de los creyentes orando por la feliz conclusión de la muralla. Todo esto aplacaba su impaciencia. La vida apacible de sus hogares, donde descansaban algún tiempo, los fortalecía; la humilde credulidad con que se escuchaban sus relatos; la confianza de los modestos ciudadanos en el cercano fin de la obra, todo eso sacudía las cuerdas de su alma. Como niños siempre esperanzados decían adiós a sus hogares; una vez más, el deseo de trabajar en la muralla de la nación se hacía irresistible. Partían de viaje antes de lo indicado; media aldea los acompañaba un largo trayecto. Grupos de gente con banderas ondeantes surgían por los caminos; nunca antes vieron cuán grande, rica, bella y digna de amor era su patria. Cada compatriota era un hermano para el que se levantaba la muralla protectora y que lo agradecía toda su vida, con todo lo que tenía y lo que era. ¡Unidad! ¡Unidad! Hombro contra hombro, una cadena de hermanos, una corriente de sangre no confinada a la mezquina circulación del cuerpo, sino rodando con dulzura, y sin embargo, siempre regresando a través de la inmensa China.

Así se explica ese sistema de construcción fragmentada, pero también existían otras razones. No es raro que me dilate tanto al respecto; por trivial que parezca a primera vista, se trata de un problema fundamental en la edificación de la muralla. Para comunicar y hacer comprensibles las ideas y experiencias de aquella época, nunca se insistirá lo suficiente sobre este asunto.

En primer lugar hay que tener presente que en aquel tiempo se llevaran a efecto obras apenas inferiores a la construcción de la Torre de Babel, pero que eran muy diferentes, si nuestros cálculos humanos no nos engañan, en cuanto a la aprobación divina. Digo esto, pues en los mismos días en que se iniciaba la obra, un erudito escribió un libro desarrollando justamente ese paralelo. Ese libro deseaba demostrar que el fracaso de la Torre de Babel no se debía a las razones que todos en general conocemos, o, mejor dicho, que las razones principales aún no se conocían. Sus pruebas no sólo se fundaban simplemente en informes y documentos; pretendían haber hecho investigaciones sobre el terreno y descubierto que la torre tuvo una falla, y que tenía que suceder a causa de la debilidad de los cimientos. A este respecto nuestra época era muy superior a esa otra ya lejana. En nuestros tiempos casi no existía un hombre educado que no fuera albañil de profesión e infalible en materia de cimientos. Pero esto no era, sn embargo, lo que nuestro erudito deseaba demostrar; su tesis consistía en que la gran muralla daría por primera vez en la historia de la Humanidad una base sólida para levantar una nueva Torre de Babel. Primero la muralla, como es natural; luego la torre. El libro pasaba por todas las manos, pero tengo que admitir que hasta el día de hoy no acabo de comprender su concepción sobre la torre. ¿Cómo entender que esa muralla que no alcanzaba a formar una circunferencia, sino sólo un cuadrante o semicírculo, sirviera de base para cimentar una torre? Es obvio que eso sólo tiene un sentido espiritual. Pero entonces ¿con qué fin levantar la muralla, que después de todo era algo concreto, que requería toda una vida de trabajo de grandes multitudes? ¿Y a qué venían en el libro los planos de la torre —planos un tanto confusos, hay que admitirlo— y los distintos y detallados proyectos para encauzar las energías del Imperio en aquella inmensa empresa?

Existía en ese tiempo —el libro del erudito es sólo un ejemplo— gran confusión mental, quizá originada por el hecho de que tantos hombres persiguieran un mismo fin. La naturaleza humana, por esencia voluble, inestable como el polvo, no admite amarras; y si se las impone ella misma, no tardará, enloquecida, en romper sus ataduras, hasta hacer pedazos murallas, cadenas y a sí misma.

Es muy probable que estas consideraciones, contrarias a la edificación de la muralla, no dejaran de influir en las autoridades cuando se decidió adoptar el sistema de construcción fragmentada. Nosotros —ahora me estoy refiriendo a muchos— no nos conocíamos a nosotros mismos hasta que no escudriñamos cuidadosamente los decretos de la Alta Superioridad y descubrimos que sin ella ni nuestro conocimiento libresco ni nuestro entendimiento natural hubieran bastado para las humildes tareas que ejecutamos dentro de la inmensa obra. En la oficina de la Dirección —todos a los que interrogué ignoraban entonces y lo ignoran ahora dónde estaba y quienes se sentaban allí—, en ese despacho giraban ciertamente todos los pensamientos y todos los deseos humanos, y en círculo contrario todas las metas y todas las plenitudes. Por la ventana abierta un claro fulgor de mundos divinos caía sobre las manos de los líderes cuando trazaban sus planos.

Por lo tanto, el incorruptible observador debe admitir que la Dirección, si lo hubiera deseado seriamente, habría logrado superar las dificultades que se oponían a un sistema de construcción continua. En otras palabras, debemos pensar que la Dirección eligió a conciencia el sistema de construcción fragmentada. Pero la construcción parcial era sólo una solución provisional y, por consiguiente, impropia. La conclución es, pues, que la Dirección quiso algo inadecuado. ¡Extraña conclusión! Ciertamente, pero desde otro ángulo se puede justificar. Quizá ahora podríamos discutirlo sin peligro. Por aquellos días era máxima secreta de muchos e incluso de los mejores, la siguiente: Trata de entender con todas tus capacidades las órdenes de la Dirección, pero sólo hasta cierto punto; luego deja de meditar. Una máxima bastante razonable, que por otra parte se transformó en una párabola vastamente difundida: "Deja de pensar, mas no porque pueda resultarte perjudicial; no es tampoco seguro que pueda perjudicarte".

Aquí no tiene nada que ver la cuestión del daño o del no daño. Te ocurrirá lo mismo que al río durante la primavera. El río crece, aumenta su caudal, alimenta la tierra de sus riberas y mantiene su propio curso hasta penetrar en el mar, que lo acoge hospitalariamente por ser su más valioso aliado. "Esfuérzate en comprender hasta ese límite las disposiciones de la Dirección". Pero luego el río inunda las tierras aledañas, pierde contornos y figura, retarda su curso, intenta ignorar su destino formando pequeños mares tierra adentro, daña los campos y, de todos modos, no puede mantener esa magnitud, y termina por retornar a su lecho y por secarse desventuradamente al llegar el verano. "No fuerce hasta allí sus reflexiones sobre las disposiciones de la Dirección".

Por acertada que resultara esta parábola mientras construían la Muralla, sólo tiene un valor muy relativo en este mi presente ensayo. Mi investigación es puramente histórica; hace mucho que desaparecieron los relámpagos de aquellas ya desvanecidas nubes tormentosas, y por eso puedo aventurarme a buscar una explicación del sistema de construcción fragmentaria, que vaya más allá de la que satisfacía en aquel entonces. Los límites de mi capacidad mental son bastante reducidos, pero la materia a examinar es infinita.

¿De quiénes nos iba a proteger la Gran Muralla? De los pueblos del Norte. Yo vengo del sudeste de la China, donde ningún pueblo del Norte puede amenazarnos. Leemos sobre ellos en los libros de los antiguos; las crueldades que esos pueblos cometen por instinto, nos hacen lanzar suspiros bajo nuestras pacíficas arboledas. En los auténticos decorados de los pintores vemos esas caras de réprobos con sus terribles fauces abiertas, esas mandíbulas provistas de grandes y afilados dientes; esos ojillos maliciosos que parecen buscar la presa que sus dientes harán pedazos. Cuando los chicos no se portan bien, les mostramos esas figuras y ellos se lanzan lloriqueando en nuestros brazos. Mas eso es cuanto sabemos de los hombres del Norte. Nunca los hemos visto, y si no salimos de nuestra aldea tampoco los veremos jamás, aunque quisieran dejarse caer sobre nosotros a toda la velocidad de sus caballos salvajes. El país es demasiado vasto y no les permitirá acercarse; su galope se perdería en el vacío.

Entonces ¿por qué dejamos nuestros hogares, el río y los puentes, nuestros padres, la esposa deshecha en lágrimas, los niños que necesitan nuestros cuidados, y partimos a la ciudad distante a instruirnos, mientras nuestros pensamientos viajan todavía más lejos, hasta la Muralla que está en el Norte? ¿Por qué? La Dirección lo sabe. Nuestros superiores nos conocen muy bien. Ellos, presa de gigantescas ansiedades, están al tanto de nosotros, conocen hasta nuestros pequeños trabajos, nos ven reunidos en humildes cabañas y aprueban o desaprueban el rezo vespertino que el jefe de familia eleva junto a los suyos. Y si se me permitiera este juicio sobre la Dirección, yo diría que en mi opinión ha existido desde muy antiguo, y que no se ha reunido de improviso, como una junta de mandarines apresuradamente convocados para discutir un bello sueño; deciden, y ya a la noche con redobles de tambores sacan a los pobladores de sus camas, y para cumplir lo acordado los hacen ir aunque no sea más que a una iluminación en honor de un dios que pudo haber favorecido ayer a sus señores, para mañana, en cuanto los faroles se apaguen, apalearlos en un rincón oscuro. Quiero más bien pensar que la Dirección es tan antigua como el mundo, lo mismo que la decisión de levantar la Muralla. ¡Inconscientes pueblos del Norte que imaginaron ser ellos la causa! ¡Inconsciente y Honorable Emperador que creía haberla ordenado! Nosotros, que construimos la muralla, sabemos que no es así, y guardamos silencio. Durante la construcción de la Muralla y luego hasta hoy, me he dedicado casi exclusivamente a la historia comparada de los pueblos —hay ciertas cuestiones a cuyo fondo sólo se puede llegar mediante este método— y he descubierto que nosotros los chinos poseemos algunas instituciones sociales y políticas cuya claridad es asombrosa, así como tenemos otras de incomparable oscuridad. El deseo de investigar las causas de estos fenómenos, sobre todo del último, me excita y siempre me ha excitado, pues la construcción de la Muralla guarda una relación estrechísima con esos problemas.

Una de las más oscuras de nuestras instituciones es, sin lugar a dudas, el Imperio. Aunque naturalmente, en Pekín, dentro de la Corte, hay alguna claridad sobre el asunto, esa misma claridad es más ilusoria que real. En las universidades, los profesores de derecho y de historia afirman su conocimiento exacto del tema y su capacidad para transmitirlo a los estudiantes. Conforme uno desciende a las escuelas elementales, como es natural van desapareciendo las dudas de profesores y alumnos en el propio saber, y un barniz cultural infla monstruosamente algunos preceptos embutidos en las mentes del pueblo durante siglos, preceptos que a pesar de no haber perdido nada de su eterna verdad, permanecen eternamente invisibles en medio de esa niebla de confusión.

Y en mi opinión, es justamente sobre el Imperio que el pueblo común deberá ser consultado, porque después de todo el pueblo es el último puntal del Imperio. Aquí debo confesar, que una vez más sólo puedo hablar de mi aldea. Dejando de lado las divinidades agrarias, cuyos ritos ocupan el año de forma tan variada y bella, únicamente pensamos en el Emperador. Pero no en el actual. Porque pensaríamos en él si le conociéramos o supiéramos algo particular sobre su persona. Hemos intentado siempre —es nuestra única curiosidad— conseguir algún dato a este respecto, pero aunque parezca increíble nos ha sido casi imposible averiguar nada, ni por los peregrinos, que ya han recorrido muchas tierras, ni en las aldeas vecinas o lejanas, ni por los marineros, que aparte de navegar por nuestros arroyos, lo han hecho también en los ríos sagrados. Se oyen decir muchas cosas, pero nada en concreto.

Nuestro país es tan inmenso que ninguna leyenda puede dar idea de su grandeza. El cielo mismo apenas puede abarcarlo, y Pekín es sólo un punto y el palacio imperial es menos que un punto. El Emperador, como tal, sobrepasa todas las jerarquías del mundo. Pero el Emperador, como persona, es un hombre como uno de nosotros, que duerme como nosotros en una cama, quizá de holgadas dimensiones, aunque es probable que sea corta y angosta. Igual que nosotros, en ocasiones se estira y cuando está muy cansado bosteza con su delicada boca. Mas nosotros, que vivimos al Sur, a millares de leguas, casi en los contrafuertes de la meseta tibetana ¿qué podemos saber de todo esto? Por lo demás aunque recibiéramos noticias, nos llegarían atrasadas, serían viejas. Alrededor del Emperador se congrega una brillante pero enigmática multitud de cortesanos —maldad y hostilidad disfrazada de amigos y servidores—, el contrapeso del poder imperial, siempre procurando sacar al Emperador del fiel de la balanza, con sus flechas envenenadas. El Imperio es eterno, pero el propio Emperador se bambolea y cae, e incluso dinastías completas acaban por desmoronarse y desaparecer. De esas luchas y sufrimientos nunca se enterará el pueblo; como rezagado forastero en una ciudad, está al final de alguna atestada callejuela lateral, comiendo tranquilamente la merienda traída, mientras más allá, en la plaza del mercado, en el corazón de la ciudad, se lleva al cabo la ejecución de su príncipe.

Hay una parábola que describe muy bien esta situación: El Emperador —así dicen— te ha enviado a ti, al solitario, el más mísero de sus súbditos, a la minúscula sombra escondida lejos del gran sol imperial; a ti, justamente a ti, el Emperador manda un mensaje desde su lecho de muerte. Ha ordenado que el mensajero se arrodille a su lado y le susurró el mensaje al oído. Tal importancia daba al mensaje que lo hizo repetir en su propio oído. El Emperador lo ha confirmado, afirmando con su cabeza. Ante los innumerables espectadores de su agonía —todos los muros que obstruían la vista fueron derribados, y en el amplio y elegante rellano de la majestuosa escalinata hacen rueda los grandes príncipes del Imperio— el Emperador, ante todos, ordenó partir al mensajero. Al momento el mensajero parte; es un hombre fuerte, infatigable; y ora con el brazo izquierdo, ora con el derecho, va abriéndose paso entre la multitud; si le oponen resistencia le basta con que muestre su pecho donde refulge el signo del sol; el camino es más fácil para él que lo sería para cualquier otro hombre. Pero la muchedumbre es tan inmensa que no tiene fin. ¡Cómo correría, si lograra llegar a campo abierto! ¡Qué pronto oirías en tu puerta el golpe pesado de sus puños! En cambio, agota inútilmente sus fuerzas; todavía está abriéndose paso a través de las cámaras del palacio interior; nunca terminará de atravesarlas, y aunque lo hiciera no ganaría mucho con ello; tendría que cruzar los patios y luego de éstos, el segundo palacio exterior; y otra vez escaleras y patios; y de nuevo un palacio; y así durante miles de años; y si al fin llegara a irrumpir por la última puerta —pero eso jamás, jamás podrá suceder— tendría ante él la ciudad imperial, el centro del mundo, llena a reventar de gente. Nadie es capaz de abrirse paso por ahí aun llevando el mensaje de un muerto. Tú, en cambio, aguardas en tu ventana y te lo imaginas, al atardecer.

Así, en forma tan desesperada y tan esperanzada al mismo tiempo, ve nuestro pueblo al Emperador. No sabe qué Emperador reina, e incluso existen dudas sobre el nombre de la dinastía. En la escuela enseñan mucho sobre las dinastías y el orden de la sucesión, pero la inseguridad general en la materia es tan grande, que aún los más eruditos dudan. Emperadores muertos desde hace siglos son elevados al trono en nuestras aldeas, y la proclamación de un emperador que solamente sobrevive en las epopeyas fue leída frente al altar por un sacerdote. Batallas que se libraron en los más remotos tiempos de nuestra historia, son algo nuevo para nosotros, y un vecino nos trae la noticia con la cara encendida de emoción. Las mujeres de los emperadores, presuntuosas y de vida regalada, desviadas de la honrosa tradición por viles cortesanos, llenas de ambición, colmadas de codicia, eufóricas de lujuria, repiten una y otra vez sus abominaciones. Cuanto más alejadas en el tiempo más terribles y vivos son los colores con que se pintan las hazañas, y con gritos de terror alguna vez se entera nuestra aldea de que una emperatriz, miles de años atrás, bebió la sangre de su esposo a lentos sorbos.

Así es el conocimiento de nuestro pueblo, de los empera-

dores que en otro tiempo fueron; mientras que al que vive
lo confunde con los muertos. Si alguna vez, sólo una en la
vida de un hombre, un funcionario del imperio, en su recorrido por las provincias llega casualmente a nuestra aldea,
nos comunica en nombre del Gobierno ciertas disposiciones,
examina las listas de impuestos, preside los exámenes en las
escuelas, interroga al sacerdote sobre sus quehaceres; luego,
antes de subirse a su litera, dirige unas palabras grandilocuen-
tes a los aldeanos reunidos; entonces aparece una sonrisa en
las caras de la gente, todos se miran de reojo y se inclinan
sobre los niños, para que el funcionario no se dé cuenta.
¿Cómo?, piensan: habla de un muerto como si todavía vi-
viera; ese Emperador murió hace mucho, su dinastía se ha
extinguido; este buen funcionario nos está gastando una
broma, pero haremos como si no lo advirtiéramos, para no
ofenderlo. Pero nosotros no obedeceremos fervorsamente a
nadie sino a nuestro actual Emperador, pues lo contrario sería un crimen. Y al alejarse la litera del funcionario surge
como señor del pueblo una sombra que eventualmente exal-
tamos y que habitó, sin duda, una urna ya reducida a polvo.

Del mismo modo, nuestro pueblo se interesa muy poco
en las revoluciones del país y en las guerras contemporáneas. Recuerdo un incidente de mis años mozos. Había esta-
llado una revolución en una provincia limítrofe pero, sin
embargo, muy distante. Yo no me acuerdo de sus causas,
ni tienen importancia ahora; ocasiones las había todos los días,
porque nunca faltan los motivos cuando la gente es levantisca.
Bien, un día un pordiosero que atravesaba esta provincia trajo
a la casa de mi padre una octavilla publicada por los rebeldes.
Ocurrió que era un día de fiesta y nuestra casa estaba llena
de invitados; el sacerdote ocupaba el sitio de honor y estu-
diaba la proclama. De pronto todos se echaron a reír, y en
la confusión la hoja se rompió; el pordiosero, que había
recibido ya copiosa limosna, fue sacado a empujones, las
visitas salieron a gozar del hermoso día. ¿Por qué? El
dialecto de esa provincia limítrofe se diferencia del nuestro
en algunos aspectos esenciales y esa diferencia ocurre también en ciertos giros del lenguaje escrito, que para nosotros
tienen un carácter arcaico. No había leído el sacerdote un
par de líneas, cuando nosotros habíamos tomado ya una
determinación. Antiguas historias, descritas mucho tiempo

atrás, viejos infortunios tiempo ha olvidados. Y aunque —según lo recuerdo— el horror del presente llegaba de modo irrefutable en las palabras del mendigo, todos meneaban la cabeza riendo y se rehusaban a seguir escuchando. Así de afanoso está nuestro pueblo por olvidar el presente.

Si de tales hechos hubiera de deducirse que en realidad carecemos de Emperador, no se estaría muy lejos de la realidad. Hay que repetirlo una y otra vez: Quizá no haya pueblo más fiel al Emperador que el nuestro del Sur, pero al Emperador de nada le sirve nuestra fidelidad. Es verdad que el dragón sagrado está en su pequeño pedestal al término de nuestra aldea, y que desde que la memoria recuerda ha vuelto hacia Pekín su aliento de fuego; pero Pekín es más inconcebible para nosotros que la extraterrena vida. ¿Existirá en verdad una aldea donde las casas estén una junto a otra cubriendo los campos en una extensión mayor que la que uno puede divisar desde nuestros cerros, y será posible que esas casas estén atestadas de multitudes de día y de noche? Nos es más difícil imaginarnos tal visión de esa ciudad que pensar que Pekín y su Emperador forman un todo: una nube, por decirlo así, que en el correr de los años vaga lentamente bajo el sol.

De tales opiniones se desprende una vida relativamente libre, sin apremios. Sin embargo esto no quiere decir que sea una vida inmoral; en mis viajes no hallé nunca una pureza de costumbres semejante a la de mi aldea. Es una vida tranquila, despreocupada de las leyes contemporáneas, y que sólo acepta exhortaciones y mensajes provenientes de tiempos remotos.

Me guardo muy bien de generalizar, y no digo que suceda lo mismo en las incontables aldeas que hay en mi provincia, y mucho menos en las quinientas provincias de China. Mas me aventuraría a afirmar, dados los muchos documentos que sobre esto he leído, unido a mis observaciones personales —en particular durante la construcción de la muralla, cuando la enorme cantidad de gente movilizada daba al hombre sensible la oportunidad de conocer el alma de casi todas las provincias—, es decir, basándome en todo esto, quizá me atreva a afirmar que el concepto que por lo general se tiene del Emperador coincide invariable y sustancialmente con el que prevalece en mi aldea. No digo que esa concepción sea una virtud: Todo lo contrario. Es cierto que la responsabilidad primordial le corresponde al gobierno, el que en el imperio más antiguo de la tierra no ha logrado desarrollar —o ha desdeñado desarrollar— las instituciones imperiales con esa precisión indispensable para ejercer su influencia directa y continuada hasta en los últimos extremos del país. Además el pueblo adolece de cierta falta de fe y de poder de imaginación, y eso le impide sacar al Imperio de su estancamiento en Pekín y abrazarlo en toda su palpitante realidad contra su leal corazón, que no ambiciona otra cosa sino sentir su contacto, y luego morir. Por lo tanto, nuestra actitud hacia el Emperador no es una virtud. Lo más notable es que esa misma debilidad parece constituir uno de los motivos que con más fuerza influye en la unificación de nuestro pueblo; lo que significa, si se me permite la expresión, la tierra misma que habitamos. Afirmar que es un defecto básico significaría no sólo hacer vacilar nuestras conciencias, sino, también, nuestros pies. Por esta razón no deseo ir más allá en la investigación de este problema.

UN ARTISTA
DEL HAMBRE

En los últimos diez años, el interés por los ayunadores ha perdido muchísimo. Antes daba buen resultado organizar grandes exhibiciones de este tipo como espectáculo independiente, lo que ahora es absolutamente imposible hacer. Aquellos eran otros tiempos. Entonces toda la ciudad se ocupaba del ayunador; aumentaba su interés cada día de ayuno que pasaba; todos deseaban verle al menos una vez al día; y ya en las últimas jornadas del ayuno no faltaba quien permaneciera días enteros sentado junto a la pequeña jaula del ayunador; había, por otra parte, exhibiciones nocturnas, cuyo efecto se realzaba con antorchas; cuando hacía buen tiempo se sacaba la jaula al aire libre, y era entonces cuando les mostraban el ayunador a los niños. Para los adultos aquello no pasaba de ser sino una broma en la que tomaban parte más que nada porque estaba de moda; en cambio los niños, cogidos de las manos por prudencia, miraban asombrados y boquiabiertos a aquel hombre pálido, con camiseta oscura, al que se le podían contar las costillas y que, despreciando un asiento, yacía tendido en la paja extendida por el suelo, y saludaba a veces cortésmente o respondía con forzada sonrisa a las preguntas que se le dirigían o sacaba en ocasiones un brazo por entre los hierros para hacer notar su delgadez, volviendo luego a sumirse en su propio yo, sin que le preocupara ya nadie ni nada, ni siquiera la marcha del reloj, para él de tanta importancia, única pieza de mobiliario que tenía su jaula. Entonces se quedaba mirando al vacío, delante de él, con los ojos entreabiertos, y sólo de cuando en cuando bebía en un vasito un pequeño sorbo de agua para humedecerse los labios.

Además de los espectadores, que de continuo se iban renovando, había allí, designados por el público, vigilantes permanentes. Éstos, que, cosa curiosa, solían ser carniceros, tenían que ser siempre tres en función simultánea y su misión era observar día y noche al ayunador para evitar que éste, por cualquier medio oculto, pudiese ingerir alimento.

Cosa que sólo obedecía a una formalidad encaminada a tranquilizar a las masas, pues los iniciados sabían de sobra que el ayunador, mientras duraba el ayuno, por ningún motivo, ni aun a la fuerza, tomaría la más ínfima porción de alimentos; el honor de su profesión se lo prohibía.

Por cierto que no todos los vigilantes eran capaces de entender esa ética; en repetidas ocasiones, en la noche, los vigilantes del grupo en turno ejercían su cometido con blandura: se juntaban a propósito en cualquier rincón y allí se sumían en los lances de un juego de cartas con la abierta intención de otorgar al ayunador un pequeño respiro, durante el cual, suponían, podría sacar secretas provisiones, no se sabía de dónde. Nada causaba mayor tormento al ayunador que tales vigilantes; le atribulaban; le dificultaban sobre manera su ayuno. A veces, sobreponiéndose a su debilidad cantaba durante todo el tiempo que duraba aquella guardia; y lo hacía mientras tenía aliento, para demostrarles lo injusto de sus sospechas. Pero de poco le valía, pues entonces se maravillaban de aquella su habilidad que le permitía comer y cantar a un tiempo.

Prefería mil veces a los vigilantes que no se apartaban de las rejas, y que no satisfechos con la tenue iluminación nocturna de la sala, le lanzaban a cada instante el rayo de las lámparas eléctricas de bolsillo que les proporcionaba el empresario. La luz cruda no le molestaba; por lo regular no llegaba a dormir, pero quedarse un poco traspuesto podía hacerlo en cualquier momento y con cualquier luz, hasta con la sala llena de bullicioso gentío. Estaba siempre dispuesto a pasar toda la noche en vela con tales vigilantes; se encontraba en la mejor disposición para bromear con ellos, contarles historias de su vida de vagabundo y escuchar, en cambio, las suyas, con el sólo propósito de continuar despierto, para demostrarles nuevamente que no tenía en la jaula nada comestible, y que soportaba el hambre como ninguno de ellos era capaz de hacerlo. Pero cuando más feliz se sentía era al llegar la mañana, y, por su cuenta, se les servía a los vigilantes un opíparo desayuno, al cual se abalanzaban con el apetito de hombres fornidos que han sufrido una noche de vigilia. Es verdad que no faltó gente que quisieran ver en este desayuno un descarado soborno a los vigilantes, pero la cosa se seguía repitiendo, y si se les preguntaba si deseaban tomar a su cargo, sin desayuno, la guardia nocturna, no lo rechazaban, pero mantenían siempre sus sospechas.

Todas estas sospechas formaban parte y eran inherentes a la profesión del ayunador. Nadie estaba en condición de poder pasar, ininterrumpidamente, días y noches como vigilante junto al ayunador; nadie por consiguiente, podía saber por propia experiencia si en verdad había ayunado sin interrupción y en absoluto; sólo el propio ayunador podía saberlo, ya que él era, al mismo tiempo, un espectador de su hambre totalmente satisfecho. Aunque, por otro motivo, tampoco lo estaba nunca. No se sabía si era el ayuno la causa de su delgadez, tan espantosa, que muchos, con gran pena suya, debían privarse de frecuentar sus exhibiciones por sentirse incapaces de soportar su vista; tal vez su esquelética flacura le venía del descontento consigo mismo. Solamente él sabía —únicamente él y ninguno de sus adeptos— qué fácil resultaba ayunar. Era la cosa más sencilla del mundo. Ciertamente, él no lo ocultaba, pero nadie le creía; en el mejor de los casos, le tomaban por modesto; pero, generalmente le calificaban de propagandista o de ser un vulgar charlatán para quien el ayuno era cosa fácil porque sabía la manera de hacerlo fácil y que, por lo demás, no tenía escrúpulo en darlo a entender. Debía soportar todo esto, y, con el correr de los años, ya se había acostumbrado a ello; mas, en su fuero interno siempre le torturaba este descontento y nunca, al término de su ayuno —ésto había que recalcarlo—, había dejado su jaula por propia voluntad.

El empresario había señalado cuarenta días como máximo periodo de ayuno, más allá del cual no le permitía ayunar ni aun en las grandes capitales. Y no le faltaban buenas razones para ello. La experiencia le había demostrado que, durante cuarenta días, ingeniándose con propaganda bien organizada, se lograba conseguir progresivamente la curiosidad e interés de un pueblo, pero pasado este plazo, el público no acudía a visitarle, disminuía el interés y el crédito de que era objeto el artista del hambre. Claro que al respecto podían notarse algunas diferencias según las ciudades y las naciones; mas, por lo regular, los cuarenta días eran el periodo máximo de ayuno posible. Por este motivo, a los cuarenta días era abierta la puerta de la jaula, adornada con guirnaldas de flores; un público entusiasmado atiborraba el anfiteatro; se escuchaban los acordes de una banda militar; dos médicos entraban en la jaula para reconocer al ayunador, según normas científicas, y el resultado de este reconocimiento era proclamado en la sala a través de un altavoz; y, finalmente dos damitas, dichosas de haber sido escogidas para desempeñar aquel papel por medio de un sorteo, iban a la jaula y trataban de sacar de ella al ayunador y hacerle bajar un par de peldaños para acercarle a una mesita en la que se veía servida una comidita de enfermo, especialmente escogida. Y ahora era cuando el ayunador siempre se resistía.

Es verdad que ponía voluntariamente sus huesudos brazos en las manos que las dos señoritas, inclinadas hacia él, le tendían dispuestas a auxiliarle, mas se resistía a ponerse en pie. ¿Por qué interrumpir el ayuno justamente entonces, a los cuarenta días? Podía aguantar todavía mucho tiempo más, un tiempo ilimitado; ¿por qué cortarlo entonces, cuando estaba en lo mejor del ayuno? ¿Por qué impedirle la gloria de continuar ayunando, y no solamente la de llegar a ser el mejor ayunador de todos los tiempos, cosa que seguramente ya había logrado, sino también la de superarse a sí mismo hasta lo inverosímil, pues no concedía límite alguno a su capacidad de ayunar? ¿Por qué motivo aquellos que fingían admirarle tenían tan poca paciencia con él? Si todavía podía seguir ayunando, ¿por qué no se lo permitían? Por otra parte, estaba cansado; se encontraba muy a gusto tendido sobre la paja y ahora debía ponerse en pie cuán largo era, y acercarse a una comida, cuando de solo pensar en ella sentía náuseas que por respeto a las damas se esforzaba en contener. Y levantaba sus ojos para mirar a las señoritas, aparentemente tan amables y en realidad tan crueles con él, y luego, sobre su débil cuello, movía negativamente la cabeza, que le pesaba como si fuera de plomo. Después siempre pasaba lo mismo; se acercaba el empresario silenciosamente —con la música no se podía hablar— alzaba los brazos sobre el ayunador, como si llamara al cielo a contemplar el estado en que se encontraba, sobre el montón de paja, aquel mártir digno de compasión, cosa que el pobre hombre, aunque en otro sentido no dejaba de serlo: Tomaba al ayunador por la endeble cintura, observando al hacerlo grandes precauciones, como si deseara hacer notar que tenía entre sus manos algo tan frágil como el vidrio; y dándole una disimulada sacudida, de tal manera que al ayunador, sin que lo pudiera evitar, se le movían de un lado para otro las piernas y el tronco, era entregado a las damitas, que en el interín se habían puesto mortalmente pálidas.

Era en ese momento cuando el ayunador sufría lo indecible; la cabeza le caía sobre el pecho, como si le diera vueltas, y sin darse cuenta del porqué de haber quedado en aquella postura; sentía el cuerpo como vacío; las piernas, esforzándose por mantenerse en pie, apretaban sus rodillas una contra otra; los pies rascaban el suelo como si no fuera el piso y buscaran a éste bajo aquél; y todo el peso de su cuerpo, por lo demás muy liviano, caía sobre una de las damitas, quien, implorando auxilio, sofocada —nunca podía haberse imaginado de esta forma aquella misión honorífica—, alargaba todo lo que podía el cuello para al menos esquivar su rostro del contacto con el ayunador. Mas al ver que no lo conseguía, y que su compañera, más afortunada, no acudía en su ayuda, sino que se limitaba a tomar entre sus manos temblorosas el minúsculo grupo de huesos de la mano del ayunador, la portadora, entre las alegres carcajadas de todos los asistentes, estallaba en sollozos hasta que era liberada de su cargo por un criado, adiestrado debidamente para ello desde hacía mucho tiempo.

Luego venía la comida, en la cual el empresario, en el semisueño del desenjaulado —que más semejaba un desvanecimiento que un sueño—, le obligaba a ingerir algo durante un entretenido diálogo con que distraía la atención de los espectadores del miserable estado en que se encontraba el ayunador. Más tarde venía un brindis hacia el público, que el empresario decía lo ofrecía el ayunador; la orquesta apoyaba todo con fuerte sonar de trompetas. El público se retiraba y todos quedaban satisfechos de lo que vieron; todos, con excepción del propio ayunador, el artista del hambre; todos, excepto él.

Vivió así muchos años, interrumpidos por periódicos descansos, respetado por el mundo, en una situación aparentemente espléndida; pero, a pesar de eso, casi siempre estaba invadido de gran melancolía que iba aumentando cada día, pues, según él, nadie le consideraba en serio, como era debido. Por otra parte, ¿con qué lo consolarían? ¿A qué otra cosa podría aspirar? Y si de repente aparecía alguien que le animara, que le compadeciera y que deseaba hacerle entender que, sin duda, su tristeza provenía del hambre, podía suceder, sobre todo si estaba ya muy avanzado el ayuno, que el ayunador reaccionara con un furioso estallido de ira, y que ante el espanto de todos empezara a mover como una bestia los hierros de la jaula. Pero para esas ocasiones el empresario contaba con un castigo que le satisfacía mucho aplicar. Pedía excusas por la conducta del ayunador ante el público presente, señalando que la irritabilidad —incomprensible en hombres bien alimentados— provocada por el hambre, podía hacer perdonable la conducta del ayunador. Luego, al tratar este tema, para explicarlo pasaba a rebatir la aseveración del ayunador de que estaba en condiciones de ayunar mucho más tiempo del que ayunaba; elogiaba la noble ambición, la buena voluntad, el renunciamiento a sí mismo que claramente se desprendía de esta afirmación; mas, de inmediato, procuraba echarla por tierra con el sólo hecho de mostrar unas fotografías —que en ese momento se ponían a la venta—, pues en el retrato aparecía el ayunador en cama, medio muerto de inanición, a los cuarenta días de su ayuno. Todo esto lo conocía muy bien el ayunador, pero se le hacía cada día más insoportable esa espantosa deformación de la verdad. ¡Se mostraba ahí como causa lo que únicamente se había producido a consecuencia del intempestivo fin del ayuno! No se podía luchar contra aquella incomprensión, contra ese mundo de estupidez. Con toda la buena fe, oía ansioso desde su reja lo que decía el empresario; pero al divisar las fotografías se desprendía de la reja y, sollozando, tornaba a echarse en la paja. El público, ya apaciguado, podía aproximarse otra vez a la jaula para examinarlo a su antojo.

Años después, si los testigos de esas escenas volvían a recordarlas, se percataban de que se habían vuelto incomprensibles incluso para ellos mismos. Es que mientras tanto se había producido el famoso cambio; ocurrió casi de repente. Debían existir razones muy profundas para ello; pero, ¿quién es capaz de encontrarlas?

Lo cierto es que un buen día, el tan mimado artista del hambre se encontró abandonado por la multitud ansiosa por divertirse, que daba su preferencia a otro tipo de espectáculos. El empresario recorrió de nuevo con él media Europa, para ver si en alguna parte encontraban el interés de antaño, pero todo fue inútil: como por arte de magia, había aparecido a un tiempo, en todos lados, un rechazo hacia el espectáculo del hambre. Por cierto que este fenómeno no podía haberse producido realmente de un momento a otro; y tristes y pensativos trataban de recordar detalles que en la época del fabuloso triunfo no habían tomado debidamente en cuenta, como indicios de algo importante que se avecinaba y que no consideraron del modo que correspondía.

Ahora resultaba ya demasiado tarde para remediarlo. Indudablemente que volverían los tiempos en que los ayunadores tornarían a estar de moda, mas a los actuales artistas eso no los consolaba. ¿Qué podría hacer, entonces, el ayunador? El mismo a quien aclamara la multitud, no podía presentarse en las barracas de las ferias de los pueblos; y para emprender otro oficio, aparte de ser el ayunador muy viejo seguía fanáticamente enamorado del hambre. Por todo lo cual se despidió del empresario, compañero de una carrera brillante, y firmó contrato en un gran circo, sin examinar siquiera las condiciones que estipulaba.

Un gran circo, con su infinidad de hombres, animales y aparatos que constantemente se sustituyen y se complementan unos a otros, puede siempre emplear a cualquier artista, aunque sea un ayunador, si sus pretensiones no son muchas, como es lógico. Por otro lado, en este caso especial no se contrataba sólo al ayunador, sino a su antiguo y famoso nombre; y no cabía decir, dada la particularidad de su arte, que como con el peso de los años disminuye la capacidad, el artista veterano que ya va decayendo, trata de refugiarse en tranquilo puesto de circo; porque, por lo contrario, el ayunador afirmaba, y era de creer sin duda, que podría ayunar entonces de la misma forma que antes; y hasta aseguró que si lo dejaban hacer su voluntad, lo que inmediatamente le prometieron, sería esa la oportunidad que buscaba para llenar el mundo de justa admiración; cosa que provocó una sonrisa entre la gente del oficio, conocedores del espíritu reinante en los tiempos que corrían, detalle que, en su euforia, había olvidado el ayunador.

Pero, para sus adentros, el ayunador no dejó de hacerse cargo de las circunstancias, y aceptó sin problemas que no pusieran su jaula en el centro de la pista como número principal, sino que se la colocaran fuera, cerca de las cuadras, lugar, por otra parte, muy concurrido. Enormes carteles de vivos colores rodeaban la jaula, anunciando lo que había digno de admiración dentro de ella. En los intermedios del espectáculo, cuando la muchedumbre acudía a las cuadras para ver a los animales, era casi inevitable que pasaran por delante del ayunador y se pararan allí un momento; y quizá hubieran estado más tiempo junto a él, contemplándolo más prolongada y tranquilamente, de no haberlo impedido los empujones de los que venían detrás por el angosto pasillo y que no entendían el porqué de esa detención en el camino que conducía a las interesantes cuadras.

Por esta razón el ayunador temía esa hora de visitas, que al mismo tiempo anhelaba como la finalidad de su vida. Al comienzo, a duras penas contenía su impaciencia aguardando el momento del intermedio; había divisado muy contento la muchedumbre que se desplegaba y se le aproximaba, hasta que luego —ni el más obstinado y casi consciente deseo de engañarse a sí mismo se salvaba de aquella experiencia— hubo de convencerse de que la mayoría de esa gente, sin excepción, no deseaba otra cosa que visitar las cuadras. Y siempre era preferible ver aquella masa, así, desde lejos. Porque al llegar junto a su jaula, pronto le aturdían los gritos e insultos de los dos bandos que al momento se formaban: el de los que deseaban verlo cómodamente (y bien pronto este bando fue el que más entristecía al ayunador; porque se paraban ahí no porque les interesara la presencia del ayunador, sino por llevar la contraria y molestar a los otros) y el de los que sólo deseaban llegar lo más rápido posible a las cuadras. Luego de que pasara el gran tropel, llegaban los rezagados, quienes también, en vez de quedarse mirándole cuanto tiempo les viniera en gana, pues ya nadie se lo impedía, pasaban de largo, a grandes pasos, echándole apenas una mirada de reojo, para llegar a tiempo a ver los animales. Y era muy rara la vez en que viniera un padre de familia con sus hijos, mostrando con el dedo al ayunador y explicando detalladamente de qué se trataba, y recordara otros tiempos, cuando estuviera él en una exhibición semejante, pero con muchísimo más lucimiento que aquélla; y entonces los niños, que por su deficiente preparación escolar y general —¿qué sabían ellos lo que era ayunar?— continuaban sin comprender lo que veían, mostraban un fulgor en sus inquisidores ojos, en el que se adivinaban otros más benignos tiempos por venir. Tal vez las cosas irían mejor —pensaba a veces el ayunador—, si el lugar de su exhibición no estuviera tan próxima a las cuadras. Entonces les sería más fácil a las gentes escoger el espectáculo que prefirieran; aparte de que le molestaban mucho y debilitaban sus fuerzas aquel olor de las cuadras, el desasosiego nocturno de los animales, el ver pasar por delante de su jaula los sangrientos trozos de carne con que alimentaban a las fieras, y los rugidos y bramidos de éstas mientras comían. Pero, no se aventuraba a decirlo a la Dirección, porque, bien mirado, siempre debía agradecimiento a los animales por la enorme cantidad de visitantes que desfilaban ante él, entre los cuales, alguna que otra vez, bien podía ser que alguno viniera exclusivamente a verle. Nadie sabe a qué rincón le arrojarían, si al decir algo les recordaba que todavía estaba ahí, y vieran claro que no dejaba de ser sino un estorbo en el paso hacia las cuadras.

Pequeño estorbo en todo caso; un estorbo que cada vez disminuía más. Las gentes se iban acostumbrando a la rara manía de pretender llamar la atención como ayunador en los tiempos presentes, y adquirida esta costumbre quedaba dictada la sentencia de muerte del ayunador. Podía ayunar cuanto deseara, y así lo hacía.

Pero ya nada le salvaría; la gente pasaba junto a él sin verle. ¿Y si tratara de explicarle a alguien el arte del ayuno? A quién no lo siente, no es posible hacérselo entender.

Los mejores carteles llegaron a ensuciarse y ya no se podían leer; fueron arrancados y a nadie se le ocurrió fijar otros. La tablilla con el número de días transcurridos desde que iniciara el ayuno, que al principio era celosamente cambiada cada día, hacía ya mucho tiempo que era la misma, pues después de algunas semanas este pequeño trabajo se tornó muy desagradable para el personal; y en estas circunstancias, a pesar de que el ayunador continuó ayunando como siempre lo había deseado, y que lo hacía sin molestia, tal como lo anunciara un tiempo atrás, ya nadie contaba el tiempo que pasaba; nadie, ni el propio ayunador, sabía cuántos días de ayuno llevaba cumplidos, y su corazón se entristecía. Y así, en una ocasión, durante aquella temporada, en que un ocioso se detuvo ante su jaula y se rió del número de días que figuraba en la vieja tablilla, pareciéndole increíble. habló de engaño y de estafa. Esta fue la peor mentira inventada por la terrible indiferencia y la maldad innata, ya que no era el ayunador el que engañaba; él trabajaba honradamente: era el resto del mundo quien se engañaba en cuanto a sus grandes méritos.

Siguieron pasando los días, mas vino uno en que también aquello se terminó. Un día, un inspector reparó en la jaula y preguntó a los mozos por qué no aprovechaban aquella jaula tan buena en que únicamente había un podrido montón de paja. Nadie lo sabía, hasta que por último, uno, al ver la tablilla del número de días se acordó del ayunador. Revolvieron con horcas la paja, y en medio de ella encontraron al ayunador.

—¿Estás ayunando aún? —le inquirió el inspector—. ¿Cuándo vas a terminar de una vez?

—Perdonadme todos —musitó el ayunador, pero solamente le entendió el inspector, que tenía el oído muy cerca de la reja.

—Por supuesto —contestó el inspector, poniéndose el índice en la sien para indicar así al personal el estado mental del ayunador—, todos le disculpamos.

—Toda mi vida deseé que admirarais mi resistencia al hambre —dijo el artista del hambre.

—Y la admiramos —repúsole el inspector.

—Pero no tendríais por qué hacerlo —dijo el ayunador

—Bien, de acuerdo, no la admiraremos —repuso el inspector—; pero ¿por qué no hemos de hacerlo?

—Porque me es imprescindible ayunar, no puedo evitarlo —dijo el ayunador.

—Eso es evidente —dijo el inspector—, pero ¿por qué no puedes evitarlo?

—Porque —dijo el artista del hambre alzando un tanto la cabeza y hablando en la misma oreja del inspector para que no dejaran de oírse sus palabras, con los labios alargados como si fuera a dar un beso—, porque nunca encontré comida que me agradara. De lo contrario, créeme, no habría hecho ningún cumplido y me habría hartado como tú y los demás.

Estas fueron sus últimas palabras, pero todavía en sus ojos nublados, se leía la firme resolución, aunque ya no orgullosa, de continuar con su ayuno.

—¡A limpiar esto! —ordenó el inspector, y sepultaron al ayunador junto con la paja. Pero en esa jaula metieron una pantera joven. Era un enorme placer hasta para el más lerdo, ver en aquella jaula, tanto tiempo vacía, esa hermosa fiera que se revolcaba y daba saltos. Nada le faltaba. La comida, que le gustaba, era traída a prisa por sus guardianes. Ni siquiera parecía añorar la libertad. Aquel enorme cuerpo, provisto de todo lo preciso para desgarrar lo que se le pusiera por delante, parecía llevar consigo su propia libertad: que daba la sensación de estar escondida en cualquier rincón de su dentadura. Y la alegría de vivir brotaba con tanto vigor de sus fauces, que a los espectadores les resultaba dificultoso hacerle frente. Mas sobreponiéndose al pánico, se apretujaban contra la jaula y por ningún motivo querían alejarse de allí.

UN ARTISTA
DEL TRAPECIO

Un artista del trapecio —como todos sabemos, este arte que se ejecuta en lo alto de las cúpulas de los grandes circos es uno de los más difíciles entre todos los asequibles al hombre— había ordenado en tal forma su vida —primero por empeño profesional de perfección, luego por hábito que se transformara en tiranía— que, mientras trabajaba en la misma empresa, permanecía día y noche en el trapecio. Todas sus necesidades —por lo demás, insignificantes— eran cubiertas por empleados que a ratos se turnaban y vigilaban desde abajo. Todo lo que arriba era necesario lo subían y bajaban en cestillos hechos para el caso.

Viviendo de este modo, al trapecista no se le presentaban grandes dificultades con el resto del mundo. Sólo resultaba un tanto molesto durante los otros números del programa, porque como no se podía ocultar que se había quedado allá arriba, aunque estuviera sin moverse, siempre había alguien del público que desviaba su mirada hacia él. Pero los directores se lo permitían, porque era un artista consumado, y además irreemplazable. Por otra parte se sabía que no obraba así por capricho y que sólo en esa forma podía estar siempre en condiciones y conservar la máxima perfección de su arte.

Además, allá en lo alto se estaba muy bien. Cuando en los calurosos días de verano se abrían las ventanas laterales que había alrededor de la cúpula y el sol y el aire penetraban en el ámbito crepuscular del circo, era hasta bello. Su contacto humano estaba limitadísimo, como era natural. Ocasionalmente trepaba por la cuerda de ascensión algún colega de *turné*, se sentaba a su lado en el trapecio, apoyado uno en la cuerda de la derecha, otro en la de la izquierda, y conversaban durante largo rato. Ocurría que los obreros que revisaban el techo intercambiaban con él alguna palabra por una de las claraboyas o que el electricista que probaba las conexiones de luz en la galería más alta le gritaba alguna palabra respetuosa, aunque apenas entendible.

Fuera de esto, siempre estaba solo. En algunas ocasiones

un empleado que con pasos cansados deambulaba por el circo vacío, a la hora de la siesta, dirigía su mirada a la casi atrayente altura, donde el trapecista descansaba o practicaba su arte sin darse cuenta de que lo observaban.

Así hubiera podido vivir tranquilo el artista del trapecio a no mediar los inevitables viajes de lugar en lugar que le desagradaban en alto grado. Es verdad que el empresario se preocupaba de que este sufrimiento no se prolongara más allá de lo indispensable.

El trapecista salía para la estación en un automóvil de carreras, que en la madrugada, por las calles desiertas, corría a toda velocidad; velocidad que, sin embargo, resultaba demasiado lenta para su nostalgia del trapecio.

En el tren tenía preparado un departamento para él solo, en donde arriba, en la redecilla de los equipajes, encontraba una sustitución pobre —pero en algún caso, equivalente— de su manera de vivir.

En el punto de destino ya le tenían listo el trapecio con mucha antelación a su llegada, incluso antes de ajustar el maderamen e instalar las puertas. Pero cuando más feliz se sentía el empresario, era al ver al trapecista afirmar el pie en la cuerda de subida y, en un abrir y cerrar de ojos, encaramarse de nuevo a su trapecio.

No obstante todas estas medidas precautorias, los viajes descontrolaban notoriamente los nervios del trapecista, de suerte que por muy ventajosos que resultaran económicamente para el empresario siempre le eran enojosos.

En uno de los viajes —el artista iba en la redecilla, en actitud soñadora, y el empresario recostado en el rincón de la ventanilla, leyendo un libro— el trapecista, acomodándose suavemente, dijo con nerviosismo, al empresario, que en adelante necesitaba para vivir, no un trapecio, como hasta entonces, sino dos, dos trapecios, uno frente a otro.

El empresario dio su conformidad de inmediato. Pero el trapecista, como si quisiera significar que le daba igual que el empresario estuviera o no de acuerdo, agregó que jamás, en ninguna oportunidad, trabajaría solamente sobre un trapecio. Daba la impresión de que se horrorizaba ante la sola idea de que tal cosa pudiera acontecerle alguna vez. El empresario, en suspenso, observó a su artista, y de nuevo le expresó su absoluta conformidad. Dos trapecios serían más atracción que uno solo. Por otra parte, los nuevos ejercicios brindarían más vistosidad y variedades.

El artista repentinamente rompió a llorar. Hondamente conmovido, el empresario se incorporó de un brinco y le preguntó qué le sucedía, y como aquél no le contestara se subió al asiento, le acarició y abrazó y estrechó su rostro contra el suyo, hasta sentir sus lágrimas. Luego de numerosas preguntas y palabras de aliento, el trapecista dijo, sollozando:

—¿Cómo me sería posible vivir con una sola barra en las manos? En este momento el empresario comprendió que fácilmente sabría cómo consolarlo. Le prometió que llegando a la primera estación en que el tren se detuviera lo suficiente, telegrafiaría para que colocaran un segundo trapecio, y se reprendía duramente a sí mismo por la crueldad de haber hecho trabajar al artista tanto tiempo en un solo trapecio. Por último, le agradeció que le hubiera hecho notar esa imperdonable omisión. Así pudo el empresario aplacar al artista y regresarse a su rincón.

Pero, no se quedó tranquilo; con suma preocupación, espiaba a hurtadillas, por encima del libro, al trapecista. Si esos sutiles motivos le causaban tales depresiones, ¿podrían éstas desaparecer por completo? ¿No irían en aumento día a día? ¿No pondrían en peligro su vida? Y, alarmado, el empresario creyó ver en aquel sueño de apariencia tranquila, en que había concluido el llanto, comenzar a perfilarse las primeras arrugas en la lisa frente infantil del artista del trapecio.

UNA CRUZA

Poseo un animalito especial, mitad gatito, mitad corde-ro. Lo heredé de mi padre. Desde que lo tengo se ha desarro-llado totalmente; antes era más cordero que gato. Ahora es mitad y mitad. Tiene de gato la cabeza y las uñas, del cor-dero el porte y la figura. Sus ojos son huraños y centellean-tes; de piel suavecita y apegada al cuerpo, sus movimientos son a la vez saltarines y furtivos. Bajo el sol, en el hueco de la ventana, se enrosca y ronronea; en el monte corre con desenfreno y nadie lo alcanza. Rasguña como gato y ataca a los corderos. Cuando hay luna en la noche, su paseo pre-dilecto es la vertiente del tejado. No sabe maullar y odia a los ratones. Se pasa acechando durante horas ante el galli-nero, pero nunca ha cometido un asesinato. Le doy leche: es lo que le cae mejor La sorbe a grandes tragos, entre sus dientes de animal de presa. Como es lógico, constituye un gran espectáculo para los niños, que pueden venir a verlo en la mañana del domingo. Estoy sentado con mi animal sobre las rodillas, mientras me hacen rueda todos los niños vecinos.

Entonces escuchó las más increíbles preguntas, que nin-gún ser humano podría responder: qué cuál es el motivo para que solo exista un ejemplar como éste; qué por qué lo poseo precisamente yo; si es que antes ha existido un animal parecido, y qué es lo que ocurrirá cuando se mue-ra; si no se sentirá solitario; por qué no tiene hijos; cuál es su nombre, etcétera. Yo no me enfado y permanezco ca-llado: me limito a mostrarlo, sin dar explicaciones. Hay veces en que los pequeños traen gatos; un día trajeron dos corderos. Contra lo que esperaban, no dieron indicios de reconocerse. Los animales se miraron con ojos mansos, y se aceptaron recíprocamente como un hecho divino. En mis rodillas el animal no siente ningún temor y además se ol-vida de su instinto de persecución. Abrazado contra mí es como se siente mejor. Se aferra a la familia que lo ha criado. Esa fidelidad no es cosa extraña; es el recto instin-to de un animal, que a pesar de que posee en el mundo muchos lazos políticos, no tiene ninguno consanguíneo, y para él es sagrada la ayuda encontrada en nosotros.

De repente me hace reír cuando resuella a mi alrededor, se me enrolla en los pies y no quiere dejarme. Como si no tuviera suficiente con ser gato y cordero, también desea ser perro. En una oportunidad —eso le pasa a cualquiera— yo no veía la manera de salir de dificultades económicas; ya estaba a punto de dar con todo el traste. Con esa idea me balanceaba en el sillón de mi cuarto, el animal en mis rodillas. En esto bajé los ojos y vi lágrimas que caían en sus grandes bigotes. ¿Eran de él o mías? ¿Acaso este gato de alma de cordero posee el orgullo de un hombre? No heredé mucho de mi padre; mas, vale la pena cuidar este legado.

Es tan inquieto como los dos, como el gato y el cordero, aunque éstos son muy diferentes. Por eso se le hace estrecho el pellejo. A ratos salta al sillón, apoya sus patas delanteras contra mi hombro y aproxima el hocico a mi oído. Esto es, como si me platicara, y luego da vueltas a la cabeza y me mira fijamente para ver el efecto de su comunicación. Para contentarlo hago como si le hubiese entendido y meneo la cabeza. Entonces se deja caer al suelo y brinca a mi alrededor.

Quizá la cuchilla del carnicero fuera la salvación para este animalito, pero él es mi herencia y no debo hacerlo. Por esta razón deberá esperar hasta que llegue su último aliento; aunque de cuando en cuando me mira con razonables ojos humanos, que me animan a un obrar también razonable.

EL BUITRE

Érase un buitre que me picoteaba los pies. Ya me había destrozado los zapatos y los calcetines, y ahora ya me picoteaba los pies. Siempre daba un picotazo, volaba en círculos inquietos alrededor y luego continuaba su obra. Llegó un señor, se quedó mirando un momento y me preguntó por qué aguantaba yo al buitre.

—Estoy desamparado —le dije—; llegó y comenzó a darme picotazos; yo traté de espantarlo y hasta pensé torcerle el pescuezo, pero estos animales son muy salvajes y quería írseme a la cara. Decidí sacrificar mis pies; ahora casi me los ha destrozado.

—No se deje sacrificar —dijo el señor—; un tiro y el buitre se terminó.

—¿Cree usted? —pregunté—, ¿quiere ayudarme en este trance?

—Con mucho gusto —dijo el señor—; sólo basta con que yo vaya a casa a buscar el fusil, ¿podrá usted aguantar media hora más?

—No lo sé —respondí, y por un momento quedé rígido de dolor; luego añadí—: por favor, inténtelo de todas maneras.

—Bien —dijo el señor—, voy a apurarme.

El buitre había escuchado con calma nuestro diálogo, mirándonos al señor y a mí. De repente me di cuenta que había entendido todo; voló un poco, retrocedió para darse el impulso necesario, y como un atleta que arroja la jabalina ensartó el pico en mi boca, hasta el fondo. Al irme de espaldas sentí como que me liberaban; que en mi sangre, que llenaba todas las profundidades y que rebasaba todos los límites, el buitre, inexorablemente, se ahogaría.

EL ESCUDO
DE LA CIUDAD

Al comienzo no faltó el orden en los preparativos para construir la Torre de Babel; orden en exceso, quizá. Se preocuparon demasiado de los guías e intérpretes, de los alojamientos para obreros, y de vías de comunicación, como si para la tarea hubieran dispuesto de siglos. En aquella época todo el mundo pensaba que se podía construir con mucha calma; un poco más y habrían desistido de todo, hasta de echar los cimientos. La gente se decía: lo más importante de la obra es la intención de construir una torre que llegue al cielo. Lo otro, es deseo, grandeza, lo inolvidable; mientras existan hombres en la tierra, existirá también el ferviente deseo de terminar la torre. Por lo cual no tiene que inquietarnos el porvenir. Por lo contrario, pensemos en el mayor conocimiento de las próximas generaciones; la arquitectura ha progresado y continuará haciéndolo; de aquí a cien años el trabajo que ahora nos tarda un año se podrá hacer seguramente en unos meses, más durable y mejor. Entonces ¿para qué agotarnos ahora? El empeño se justificaría si cupiera la posibilidad de que en el transcurso de una generación se pudiera terminar la torre. Cosa totalmente imposible; lo más probable será que la nueva generación, con sus conocimientos más perfeccionados, condene el trabajo de la generación anterior y destruya todo lo construido, para comenzar de nuevo. Esas lucubraciones restaron energías, y se pensó ya menos en construir la torre que en levantar una ciudad para obreros. Mas cada nacionalidad deseaba el mejor barrio, lo que originó disputas que terminaban en peleas sangrientas. Esas peleas no tenían ningún objeto; algunos dirigentes estimaban que demoraría muchísimo la construcción de la torre, y otros, que más convenía aguardar a que se restableciera la paz. Pero no sólo ocupaban el tiempo en pelear; en las treguas embellecían la ciudad, lo que a su vez daba motivo a nuevas envidias y nuevas polémicas. Así transcurrió el tiempo de la primera generación, pero ninguna de las otras siguientes tampoco varió; sólo desarrollaron más la habilidad técnica, y unido a eso, la belicosidad. A pesar de que la segunda o tercera generación comprendió lo insensato de construir una torre que llegara hasta el cielo, ya estaban todos demasiado comprometidos para dejar abandonados los trabajos y la ciudad.

En todas sus leyendas y cantos, esa ciudad tiene la esperanza de que llegue un día, especialmente vaticinado, en el cual cinco golpes asestados en forma sucesiva por el puño de una mano gigantesca, destruirán la mencionada ciudad. Y es por eso que el puño aparece en su escudo de armas.

PROMETEO

De Prometeo nos hablan cuatro leyendas. Según la primera, lo amarraron al Cáucaso por haber dado a conocer a los hombres los secretos divinos, y los dioses enviaron numerosas águilas a devorar su hígado, en continua renovación.

De acuerdo con la segunda, Prometeo, deshecho por el dolor que le producían los picos desgarradores, se fue empotrando en la roca hasta llegar a fundirse con ella.

Conforme a la tercera, su traición pasó al olvido con el correr de los siglos. Los dioses lo olvidaron, las águilas, lo olvidaron, él mismo se olvidó.

Con arreglo a la cuarta, todos se aburrieron de esa historia absurda. Se aburrieron los dioses, se aburrieron las águilas, y la herida se cerró de tedio.

Sólo permaneció el inexplicable peñasco.

La leyenda pretende descifrar lo indescifrable.

Como surgida de una verdad, tiene que remontarse a lo indescifrable.

UNA CONFUSION
COTIDIANA

Un incidente del diario vivir, del que resulta una confusión, también común. A tiene que concertar un negocio importante con B en H. Se traslada al lugar indicado para una entrevista preliminar; tarda veinte minutos en ir y volver, y se jacta en su casa de aquella velocidad. Al día siguiente regresa a H, ahora para finiquitar el asunto. Y pensando que probablemente esto le llevaría mucho tiempo, A se apresura. Aunque las circunstancias (según piensa A) son justamente las mismas del día anterior, demora esta vez diez horas en llegar a H. Llega al atardecer, rendido. De inmediato se le comunica que B, inquieto por la tardanza, había salido hacia el pueblo de A, y que tal vez se cruzaron en el camino. Le aconsejan que espere. A, de todas maneras, inquieto por el negocio, sale de inmediato de regreso a su hogar.

Ahora, sin gran esfuerzo, realiza el viaje en pocos minutos. En su casa se entera de que B llegó muy temprano, en cuanto salió A, y que hasta se cruzó con éste en el umbral y quiso recordarle el negocio, pero que A le contestó que no tenía tiempo de nada, que debía partir al momento.

No obstante esa rara conducta, B entró en la casa y resolvió aguardar a su regreso. Ya había preguntado en repetidas ocasiones si había regresado, pero continuaba aguardándolo siempre en el cuarto de A. Feliz con la perspectiva de hablar con B y de aclarar todo lo ocurrido, A corre escaleras arriba. Casi al llegar, tropieza, se tuerce un tendón, y casi sin sentido, sin poder ya gritar, gimiendo en la oscuridad, escucha a B —quizá ya lejos, o tal vez muy cerca— bajar las escaleras furiosamente y perderse en lontananza.

INDICE

Edición 4000 ejemplares.
Julio de 1989
Impresora Lorenzana
Cafetal num. 661, Col. Granjas México.